桜花京用心棒綺譚

花咲く都の冥中将

八巻にのは

富士見L文庫

目次

序章　005
御伽噺のはじまりは

第一章　015
小鬼、親王の式神となる

幕間　115

第二章　119
小鬼、消えた女房と青壺の謎を追う

幕間　225

第三章　230
小鬼、冥中将の秘密を知る

終章　322

序章　御伽噺のはじまりは

雨の中、ぬかるみに足を取られながら少女は走っていた。

——景時、景時……！

少女が追うのは馬にまたがる青年の背中だった。けれどいくら走っても、彼には追いつかない。手を伸ばしても、その姿は雨の向こうに消えかけている。

それでも諦めたくなくて必死に足を動かすが、少女は泥に足を取られて頽れた。

痛みと情けなさに、大きな目からは涙がこぼれる。

——仕方のない奴だな。

いつもなら、彼女が転べば彼は駆けつけてくれた。優しく笑って助け起こしてくれた。

でも彼はもう、戻ってはこない。

彼を人として、男として愛していたのに、この想いはもう伝えられない。

少女は孤独の中で一人泣き濡れる。それに寄り添うのは止まない雨と、項垂れた藤袴だけだった。

天上帝の治める『桜花』と呼ばれる都は、冬を間近に控えてもなお花の盛りであった。

遥か昔、月より降りた神によってこの国と都は作られたと言われている。

神は己の役目を終えると月へ帰ったが、神の血を与えられた帝とその一族の手によって、国は今も守られ栄えていた。

神の力は都に不思議な加護を与え、一年を通して花があふれている。

一度だけ加護にひずみが生まれたこともあったが、それも消えた今、都は栄華を極め長い春の中にある。故にこの都は人々に『桜花京』と呼ばれ、愛されていた。

都は常に賑やかで、今日もどこかの桜の下では、歌会や酒の席が設けられ、着飾った貴族たちが華やかな宴を開いていた。

中でも一際賑やかだったのは、上皇である清月院の屋敷で開かれていた宴である。

美しき男たちが鞠を蹴り、それを簾越しに見つめる女たちは鮮やかな唐衣を纏い、扇の下に美しい微笑みを隠していた。

貴族たちの纏う直衣や狩衣は桜よりも鮮やかで、さながら花が舞っているかのようである。

出自によって色や紋が決められた堅苦しい時代もあったが、三代前の帝『光陽帝』が風習を取り払ったおかげで、老いも若きも艶やかな染め色を好むようになった。

『花のように艶やかに、風のように自由に、都人よ雅であれ』

という光陽帝の言葉は都の指針となり、少々奇抜な色を合わせたり烏帽子をかぶる者もいる。

宴となれば目がくらむほどの色が溢れ、華やかさはこの世のものとは思えぬほどだった。

しかし、そんな美しき宴の片隅に、ひとつ影が差している。

華やかな場に似つかわしくない男が、一人立っているのだ。

陰に身を隠すように立つのは、黒い狩衣を纏い鬼を模した仮面で目元を隠した男だった。

男は大柄で背が高い。結い上げた髪は真っ白で、まるで本物の鬼のように見える。

不気味な一方、男の静謐な佇まいは人目を引いた。仮面に隠しきれない凛々しい容姿も相まって、女たちの中には熱心に視線を向けている者も多い。

そんな男の元に、神々しいほどの美を纏う男が近づいていく。

「女子から熱い視線を送られているというのに、今日も浮かない顔だな清雅。たまには、甘い視線と歌でも返してみよ。女房たちは仮面の下のお前に興味津々だぞ」

「この世に、俺に歌をおくられて嬉しい女がいると思いますか？」

「いるだろう。お前は歴代の冥の中将の中でも、一番の美丈夫だからな」

からかうような口調と共にやってきた美しい男は、帝の血を引く親王である。今の都を治める天上帝の弟で、明星という名を持つ彼は、どこにいても光り輝く美貌と華やかな振る舞いで常に人目を引いている。

　そんな明星と真逆の男『清雅』は、並び立つ親王に煩わしそうな視線を向けた。

「ご用がないなら、どこかへ行っていただけませんか。こうした場であなたと一緒だと、視線が集まりすぎる」

「そんな顔をするな。お前は私の護衛なのだから、側にいてしかるべきだろう」

　言いながら、肩まで組んでくる親王に清雅はため息をこぼす。

「そこまで近づかなくても、いざというときは駆けつけます」

　そもそも上皇の宴で、清雅の出番などありはしない。

　ここにいるのは高貴な者ばかりなので、明星のように護衛を携えている者も多い。諍いを持ち込むうつけ者などいるわけがなかった。

「つれない男だ。私はお前と酒を酌みかわしたいのに」

「もしや熱でもあるのですか？　美しい女がいるというのに、あなたが俺と過ごしたがるなんておかしい」

「そういう日もある。それに近頃、少し女に飽きた」

　明星の言葉に、仮面から覗く眼が疑わしげに細められた。

「隙あれば女を口説き、遊び、あまたの女子を泣かせてきたあなたが飽きたと？」

「ひどい言われようだな。これでも、どの子にも誠実だったぞ」

かもしれないが、なにせこの顔である。都中の女を虜にし、惚れさせ、夢中にさせることにかけてはこの男の右に出る者はいない。

惚れる女が多ければ多いほど、涙に暮れる女も増えるのである。

だがそれでもなお、相手になりたいと望む者が後を絶たないほどの美男子なのだ。

「誠実になさっていれば、今頃妻の一人もいたでしょうに」

「私が結婚したら国中の女が悲しむだろう」

「しかし結果的に、その方が世のためになりそうですが」

「よくよく考えてみろ、この顔だぞ。妻を得たところで、惚れる女が減るわけがあるまい」

呆れる物言いだが、清雅は否定できなかった。確かに結婚したところで、彼の美貌が陰るとは思えない。

「だから私は自由に恋をするのが一番なんだ。……まあ、最近はなかなか心動く相手もいないが」

そう言いながら、明星はつまらなそうな顔で天を仰ぐ。

「この胸を熱くさせ、毎日でも歌を送りたくなる相手は現れないものか」

扇で口元を隠し、明星は愁いを帯びた表情を作る。

それだけで、遠くから彼を見ていた女たちが感嘆の声を上げる。

——今ので、落ちた女が更に増えたな……。

罪な男だと、清雅はため息をこぼす。

「……清雅殿、少しよろしいか」

そんなとき、突然不安げな声が清雅を呼んだ。

視線を向けると、彼ほどではないがこの場に似つかわしくない格好の検非違使（けびいし）が一人立っている。

仕事用の狩衣に身を包んだ男は、たいそう慌てた様子である。

「何用か？」

「清雅殿におさめて頂きたい問題がございまして……」

「俺にとは、もしや怪異がらみか？」

「はい。なんでも、右京の官舎に鬼が出たとか」

ただならぬ話に詳細を聞けば、都の東にある検非違使の官舎で騒ぎが起きているという。

東の官舎は、都の警護に当たる若い検非違使たちが多く詰め、訓練なども行う場所である。上皇の屋敷からは距離があるが、それでもわざわざ清雅を訪ねてきたのは騒動の発端に『鬼』が関わっているからだろう。

清雅は明星親王の護衛として常に彼に付き従っているが、特殊な技能を持つ武官でもある。故に様々な職務を兼任させられているのだ。

内裏の警護を任される近衛府の仕事の傍ら、検非違使にも籍を置き、特に鬼などの物の怪や悪霊が絡んだ事件が起きれば、呼び出されることは多々あった。

とはいえ、詰所に鬼が出るなどという話は聞いたことがない。

「官舎に鬼とは、ただ事ではないな」

「ええ。それも色々と妙な鬼でして……」

男が言葉を濁したのは、明星が側にいるからだろう。

検非違使の問題を親王の耳に入れて良いものかと男は思ったようだが、明星は政から身を引いているし、どこでどんな問題が起きようと基本口を出さない。

故に聞かれても大丈夫だろうと思い、清雅は先を続けるように促した。

「それで、一体何が妙なのだ？」

「……その鬼なのですが、それが、あの……」

もごもごと喋るせいで、何を言っているのか清雅はよく聞き取れない。

だが検非違使の慌てぶりに興味を引かれたのか、明星の顔に好奇の色が宿る。

「なんだか面白そうなことになっているな、話してみよ」

清雅を押しのけ、首を突っ込んできた明星の目は輝いている。

　これは別の意味でまずい話を聞かせてしまったと思う間もなく、男が先を続けてしまう。

「鬼は、この春迎え入れた若い検非違使の中に紛れ込んでいたのです」

「まさか、鬼であるのなら普通わかるだろう」

「名のある方からの紹介状まで偽造していたため気づかず、誰よりも腕っ節が強いため、有能な武士(もののふ)が現れたと喜んでいたくらいで……」

　推薦も有り身体能力も申し分なければ、今の今まで気づかなくても無理はない。

「新兵の訓練を終え、汗を流しに行かせたところで発覚したのでございます。新兵たちが一目散に湯殿から飛び出してくるので何事かと思えば、奇っ怪なことが起きた、鬼が出たと大騒ぎで……」

　その後なんとか取り押さえたものの、多くの武士が殴られ蹴られ負傷したと告げられ、清雅は息を呑(の)む。

「ずいぶん強いようだが、取り押さえたのだな」

「しかしそれでもなお暴れる始末。下手に首を落とせば祟(たた)られかねないと皆怯(おび)えて……」

　本来、鬼というのは首を落とさねば殺せない。しかし強い鬼はただの刃(やいば)では傷つけられず返り討ちにあうことも多いため、なかなか手を出せないのだろう。

「ここは『冥の中将』である清雅殿に対処を頼むべきだという話になり、はせ参じた次第です」

冥の中将という呼び名に清雅が僅(わず)かに表情を硬くする一方、明星が身を乗り出す。

「ならば、私も共に行こう。鬼が相手であるのなら、私も役に立てる」

親王の言葉に、男が顔を明るくした。

「高名な陰陽師(おんみょうじ)でもあらせられる明星様が来てくださるなら百人力でございましょう」

「うむ、この私が見事鬼を鎮めてみせよう。ささ、その鬼のところへ案内(あない)せよ」

鼻高々な明星に男は喜ぶが、清雅は仮面の下で顔をしかめる。

確かにこの男は、有名な陰陽師に師事し悪霊や鬼を祓(はら)える力があると評判だ。

しかし色々と問題も多く、物事をかき回して楽しむところがある。役に立つと言っているが、絶対におもしろがっているだけに違いない。

——なんだかとても、面倒な事になる気がする。

明星が何か興味を持つと、ろくな事にならない。

「さあ行くぞ清雅！」

しかし主(あるじ)である親王に意見することなど、清雅にはできない。

——せめて、鬼が容易(たやす)い相手ならいいのだが。

そんなことを思いつつ、清雅は歩き出す親王に付き従う他ないのであった。

——後にこの日の出来事は、長きに亘って語り継がれる御伽噺の始まりとなる。

悪鬼悪霊が跋扈していた最後の時代、桜花と呼ばれる美しい都を守る伝説の陰陽師『明星』とその従者『清雅』。

そして明星の用心棒となる小さな鬼の物語は、時代と共に姿を変えながら『明るき星の鬼退治』もしくは『花咲く都の用心棒』と呼ばれ、語り継がれることになるのであった。

第一章　小鬼、親王の式神となる

鬼と呼ばれた若き武士は『解(げ)せぬ』という顔で木に逆さにつるされていた。

身体(からだ)に食い込むほどきつく縄を巻かれ、いくら藻掻(もが)いても蓑虫(みのむし)のように揺れるばかりだ。

これ以上なく滑稽(こっけい)な姿なのに、周りを取り巻く人々が自分を恐れるように見ているのも腹立たしい。

——私は、何も悪いことはしていないのに……。

そして『千早(ちはや)』という名前もあるのに、誰も人だと見ていない。

確かにちょっとした間違いを起こしたが、千早のせいではない。なのに大罪人のように扱われ、追いかけられ、ささやかな抵抗をしたらこの有様である。

「解せぬ」

顔だけでなく声でも主張するが、みな遠巻きに見るばかりで近づいてこない。

苛立(いらだ)ちを覚えながら、千早はあたりをぐるりと見渡す。

——しかし、ここに来れば彼に会えると思ったのに……なぜいないのだろう。

千早がつるされた庭の側には、都の警護を行う検非違使たちの詰所がある。ひっきりなしに人が出入りし、事情を知らない男たちが時折何事かという顔でこちらを見つめているが、その中に会いたいと思った男はいなかった。

――でもいるはずなんだ、ここに景時が。

目をこらし、探しているのは子供の頃に生き別れた、兄のように慕う男の姿であった。

千早は、数日前都に来たばかりの身だ。師から景時が都で武官に就いていると聞き、どうしても会いたい気持ちが抑えきれずやってきたのである。

都までの道のりは本当に遠かった。

なにせ千早の故郷は遠い東の果てにある『黄泉前の国』である。

帝の加護がギリギリ届く地であり、かつては呪族と呼ばれる悪鬼の化身たちがすんでいた場所だ。

元々この国は死者の住まう黄泉の国にほど近く、悪鬼や悪霊、物の怪たちの巣窟だった。

総じて『怪異』とよばれるそれらは、人を喰らい大地を穢していたのだ。

それを見かね、空から降りてきたのがこの国を作った神であった。

神は破魔の力で悪鬼悪霊を祓い、人間たちが平和に暮らせる都を作ったと言われている。

都が桜花京と呼ばれるのも、神がもたらしたとされる魔を退ける特殊な桜『鎮守の桜』が多く植えられているのが由来だ。鎮守の桜は少しずつ広がり、今はこの国の半分にまで広がった。とはいえ東方には桜が少なく、悪鬼や呪族たちがはびこる魔窟となっている。

そんな魔窟とこの国の境にあるのが、黄泉前の国だ。かつては悪鬼たちに支配されていたが、千早の師であり鎮東将軍でもあった『左京風魔』と彼の軍により三十年ほど前に奪還された。

以来多くの武士たちが防衛と開墾を行い、広い平野には豊かな農村が広がっている。

景時は武士の子で、千早は彼の家で世話になっている拾われ子であった。

千早は、親を知らない。

呪族たちの土地に捨てられていたところを左京に拾われ、景時の家に預けられた身の上である。

景時の実家、野分家には子供が多かったが、広大な荘園を持っていたので千早一人増えても問題ないほどの蓄えがある。故に左京は千早を預けたが、当初景時の家族はこの捨て子を家に入れることを拒んでいた。

呪族たちの地にいたせいか、千早は悪鬼や悪霊を感じ取る力が強かった。常人とは異なる世界を見る目があり、人には見えない霊や物の怪と会話をする力を持っていたのである。

それを人々は気味悪がり、当時三つだった千早は自分が普通ではないのだと知り不安を抱いていた。

そんな千早を恐れず、「行き場がないなら置いてやろう」といってくれたのが景時だった。

景時は子供ながらに腕っ節が強く、左京の元で武士となるべく修行をしていた。悪鬼を恐れぬ師を間近で見てきたせいか、千早のような存在にも臆することがなかった。

「なんなら、俺が面倒を見てやろう」と子供ながらに一丁前な台詞を吐き、以来彼が兄貴分となり世話をしてくれたのだ。拾われるまでの記憶を持たぬ千早は、読み書きも出来ず言葉も曖昧だったが、それらを教えてくれたのも景時だった。

千早はじっとしているのが苦手な子だったため、彼は遊びの傍ら様々な知識を授けてくれた。筆を持つのが苦手な千早のためにと、拾った植物や木の実を使って絵や字の書き方を教えてくれたのは良い思い出だ。学ばせるよりも楽しませることに特化した教え方のおかげで、読み書きなどの知識を身につけられたといえる。

ただそうした気遣いや機転はありつつも、景時は幼い頃から武芸に傾倒していた。それ故、彼の側で育った千早も、剣術や武術などが大好きで快活な子供になっていた。

あまりに元気すぎるため呆れられる事もあったが、景時はそんな千早をずいぶんと可愛がってくれた。

そうして彼の弟分としての地位を確立し始めると、千早はずっと景時の側にいたいと思うようになった。

そして彼が「俺はいつか武士になる」と宣言したとき、彼が武士になるなら自分もそうなるのだと決めたのだ。

大人たちには「お前には無理だ」と反対されたが、景時の方もそんな千早を見限ることはなかった。

「なら、共に武芸の道を歩むか」などと言うものだから、もうすっかりその気になってしまったのである。そして周りも、景時が面倒を見るのならもういいかとついに何も言わなくなった。

けれどそんな日々は、千早が十になった夏に突然終わりを迎えた。

黄泉前の国にやってきた貴族に気に入られ、景時が都に行くことになったのである。彼が行くなら、自分もついて行くのが当然だと千早は思っていた。

だが貴族と会って以来、景時は人が変わったかのように千早に冷たくなった。

「都に千早は連れて行かない。強き武士となるには、お前のような弱い奴は邪魔になる」

突然突き放され、千早は訳がわからなかった。

どうしてもついて行きたくて、千早は彼に剣の試合を申し込んだ。まだ子供だったが、千早は景時を除けばこの里で一番強かった。強さを示せば考えを改めてもらえる、自分も都に連れて行ってもらえると、景時に挑んだのだ。

だが結果は、無情だった。

景時の一振りで千早は木刀ごと腕を砕かれ、切っ先すら届かなかった。

普段の試合ではもう少し互角に戦えていたが、景時はずっと手加減をしていたのだろう。

確かに、千早は弱かったのだ。にもかかわらず、景時の隣に立てると本気で信じていた自分が、情けなくてたまらなかった。

無様な敗北を喫した千早を、景時はもう見てもいない。けれど千早は、これで終わらせるものかと最後まで食らいついた。

「千早は弱くはない！　いずれもっと強くなって、そのときは景時と同じ武士になる！」

その後、千早の言葉に振り返ることなく、景時は去った。

でも千早は、諦められなかった。

だからこの先ずっと、どこまでも彼を追いかけ続けるのだと、幼心に決めたのだ。

あれから長い時が経ったが、千早の決意は少しも揺らいでいない。

幼かった千早は十八になり、師である左京に師事し、彼の元で剣の技も鍛えた。

そしてこの春、晴れて免許皆伝を言い渡され、師と共に都まで来たのだ。

左京はここに景時がいると言った。だから師がしたためてくれた紹介状を手に検非違使の官舎へとやってきた。

同じ職に就けば、景時ももう千早を弱いとは言わないだろう。

そう思い登用試験をうけ、何の問題もなく合格したのである。

——そこまでは、順調だったのに。風呂に入るなり「物の怪だ」「鬼だ」と騒がれるとは思わなかった。

どうやら千早は、知らぬうちに大変な無作法をしたらしく、それが誤解を呼んだのだ。

景時もそうだったが、左京もまた多分千早の育て方を間違った。国から国へと旅する左京の元で修行していたため、剣の腕や野営の仕方や獣の追い方は知っていても世の常識を知らなかったのだ。

それどころか、左京はその無知さを面白がっていた気配さえある。

——送り出された時やけにニヤニヤしていたし、左京はこうなることをわかっていた気もする。

きっと、今頃遠くから眺めて面白がっているのだろう。千早の師は、そういう男なのだ。

彼の助けは期待できないし、自力で窮地を乗り切るしかない。

——力を絞れば縄をちぎれそうだが、騒ぎを大きくしたら景時に迷惑がかかるだろうか。

だが今のところ、景時が来てくれる気配はない。彼の他に知り合いはないし、もし現れなかったら自分はずっとここで虫のようにぶら下がり続けるのかと不安がよぎる。

——やはり逃げよう。

決意して、千早はふんぬと身体に力を入れる。負荷のかかった縄がきしみを上げた時、今まで嗅いだことのない清らかな香が鼻腔をくすぐった。

「ああ、確かにこれは小鬼だね」

香りにつられて視線を流せば、反転する世界の中に美しい男が立っていた。

女ではないのに、美しいという言葉がこんなにも似合う男がいるのかと驚く。

息を呑んだまま見入っていると、男がゆっくりと近づいてきた。

「だが私に見惚れるということは、いい目を持っているらしい」

うぬぼれた台詞さえ、男が言うと様になっていた。

「人に化ける鬼は珍しいが、お前一体どこから迷い込んできた」

しかし彼の言葉は、どこか千早を馬鹿にしている。段々と腹が立ってきて、千早をつつこうと伸ばされた扇にがぶっと嚙みついてやる。

「ふぁちしはひほじゃ！」

私は人だと言いたかったが、うっかり扇をかんでしまったため言葉になっていない。だが男は、千早の言いたいことを理解したらしい。

「人は、扇に嚙みつかない」

「お前が、私を叩こうとするからだ！」

ぺっと扇を吐き出しながら憤れば、男はおかしそうに笑った。

「いやはや、この鬼は威勢が良いぞ清雅！　お前も側で見てみろ」

はっと目をこらすと、雅な男の背後にもう一人男がいることに気づく。

手前の男より体格が良いのに、今の今まで気配が全くなかったことに驚いた。

――いや、消していたんだ。この私にわからないくらい完璧に……。

千早は人や獣、そして魔の気配にさえ聡い。それなのに欠片も気づけなかったことに驚いていると、清雅と呼ばれた男が面をつけた顔を上げる。

その途端、背筋に悪寒が走った。

物の怪や悪霊と対峙した時のような、得体の知れない恐れを清雅から感じる。この男に気を許してはならない気がして、千早は縄を引きちぎると木の枝に登り睨みをきかせた。

「私より、その男の方が鬼のようじゃないか！」

威嚇するように怒鳴ると、雅な男が感心したように笑う。

「清雅、お前ずいぶん嫌われたな」

「むしろ、俺を好くものなどおりませぬ」

「私は好きだぞ」

「明星様が変わり者なのです」

明星という名前に、千早は小さく息を呑む。

常識を知らぬ千早だが、名前に星が入る者の尊さだけは知っていた。

この国を作った神は空の上、月の国からやってきたと言われている。そのため神の世界の物、例えば星や月、太陽にちなんだ名前は神の子である帝の血筋しかつけてはならないのだ。例外として神に仕える僧侶だけは、大地と空の間にある『雲』を入れた名が許されるが、それ以外はない。

「……お前、帝なのか？」

「帝が気軽に出歩けるわけがないだろう。私は親王だ」

「しんのう」

「五年前に退位した『月代帝』の子だ。まあ二十人もいる中の一人だし、位は高くはないが」

「だから、そんなに顔が綺麗なのか？」

「いや、この顔は血ではなく私がつかみ取った才能だよ」

流し目と共に扇を揺らす明星に、千早はふーんと気のない返事をする。

「清雅、あの鬼は冗談もわからないらしい」

「そもそも、あなたが言う冗談は自慢にしか聞こえません」

清雅が呆れた声でこぼす。

恐ろしい気配を漂わせる男なのに、明星と話す時の清雅はなんだかとても温かい。それが不思議で、千早はじっと清雅を見る。視線に気づいたのか鬼のように赤い瞳が、不気味な仮面の下から彼女を見つめた。目が合うとなんだかものすごく鼓動が速くなり、千早は側にあった木の枝をたぐり寄せ顔を隠す。

「やはり嫌われているな」

「好かれたいとも思っておりません」

「でも、お前はああいう跳ねっ返りが好きだろう」

「あんな小鬼を好きになるわけがないでしょう」

清雅の言葉に、千早は思わずカチンとくる。

「私は人だ！」

「だが人というのにはあまりに常識がない。普通、お前のような奴は検非違使になれるなどと思わない」

冷静な声で返す清雅を見ていると、なぜだか腹立たしさが増していく。

景時とは見た目も、気配も、声すらも別人なのに、千早を弱いと切り捨てた彼に一瞬姿が重なったのだ。

「私はここにいる誰よりも強い！　それに、師の紹介状を見せたら最初は喜んで迎え入れられたぞ！」

「左京殿の紹介状があったというが、どうせ偽物だろう」

「本物だ！　景時に会いたいと言ったら、左京がその場で書いてくれたものだ！」

景時の名を出した途端、黙って成り行きを見守っていた明星がぐっと身を乗り出す。

「待て、お前のいう景時とは黄泉前の国から来た景時か？　左目に傷のあるあの男か？」

「まさか、知っているのか⁉　景時はどこだ、どこに行けば会える！」

猿のように木から飛び降り、千早は明星に近づこうとした。だがその間に、清雅が割って入る。

「退け、お前のような者が近づいていいお方ではない」

「鬼のお前が言うな！」

「俺はこの方の護衛だ」

「ならば退ける。私は、何があっても景時に会うんだ！」

刀は取り上げられていたので、握った拳(こぶし)を顔の前で構える。

それに合わせて清雅が腰の刀に手をかけ、油断の無い目で千早を見た。

鋭い眼差(まなざ)しを向けられただけで、背筋が強(こわ)ばり僅(わず)かに身体(からだ)が震えた。こんなことは初めてで、自分の反応に何よりも戸惑う。

「やめよ。私は荒事は苦手なのだ」

だがそこで、のんきな声が張り詰めた空気を崩す。

清雅の胸を扇で叩き、千早の前に進み出たのは明星だ。

「それに、私はこの小鬼が気に入った」

笑みをたたえながら、明星が千早の半歩前まで近づいてくる。

この世のものとは思えぬ美しい顔立ちが、よりはっきり見えた。それを本人も自覚しているのか、向けてくる笑みもまた甘く輝いている。

「どうだ小鬼。私の式神になるなら、お前の言う景時に会わせてやるぞ」

「本当に、彼に会わせてくれるのか!?」

その途端千早は顔を輝かせ、清雅は狼狽する。

「景時とは深い仲なのだ。そして彼は私と同じように、都で起こる怪異を祓う身なのだ」

「怪異？　あなたたちは武士ではなく、陰陽師なのか？」

「私はね。でも景時は武士として怪異を祓う仕事をしている。そして今は帝の命で仕事をしていて、本来ならば誰とも会えぬ身なのだ」

そう言いつつ、明星は不敵に笑う。

どこか意地悪にも見える笑顔の裏に隠された言葉を、千早はすぐさまつかみ取る。

「でも、お前なら会わせてくれるのだな」

「ああ。代わりに、お前が私の式神になるならな」

美しい笑みに妖しげな色を混ぜ、どうするかと明星が迫る。

「景時に会えるなら提案を呑みたいが、私は鬼ではないのだ。だから式神にはなれない」

「なら人として私の元で働いてほしい。実は丁度、お前のような者を探していたのだ」

「働けば、景時に会わせてくれるのだな」

「よく働けば、だがな」

含みのある言い方だが、景時を知っているという言葉に嘘はないような気がした。

だから千早は顔を輝かせ、明星の前に膝をついた。

「景時に会えるなら、何でもするぞ」

「その言葉、違えるなよ」

「武士に二言はない」

「ふむ、鬼の身でありながら武士を名乗るか。これはなかなか面白い」

笑みを深める明星の顔に不穏な色がよぎるが、千早は全く気づいていない。

景時に会えるという言葉をただ信じ、呆けたように空を見上げている。

そんな二人を交互に見やり、大きなため息をこぼしたのは清雅だ。

「明星様、何か企んでおいでですね？」

「企むなど人聞きが悪い。ただ、新しい遊びを始めるだけさ」

主人の言葉に清雅は渋い顔をしたが、にやける千早は二人のやりとりに気づけずにいた。

清雅と明星のおかげで千早は本当に左京の弟子だと証明され、無事検非違使の官舎から出ることが出来た。
そして千早は、明星たちと徒歩で彼の屋敷へと向かうこととなった。
きょろきょろと落ち着かない顔で辺りを見回す様子から、千早が都の事情に疎いことを察したのだろう。明星は都の作りや簡単な歴史を、歩きながら教えてくれた。

桜花京は内裏へと続く大通りを挟み、左右対称に広がる碁盤の目のような都である。

貴族の住む左の街は花にちなんだ名が、武士が住む右の街は風にちなんだ名が通りにつけられている。

この国では、神と共に花と風もまた尊きものだ。

人々の心を清め、魔を退ける美しき花は神の次に大事なものだとされ、その花の種を広げる生き物を呼び、若葉を育てる雨を運ぶ風はその次に尊いものだと言われていた。

故に最初の帝は、自分を支える貴族たちに花の名を、国を守る武士たちには風の名を名乗ることを許したが、双方には大きな隔たりがあった。

建国以来、花の名を持つ貴族たちは都に根を下ろし、政を行い国を富ませた。

風の名を持つ武士たちは悪鬼悪霊が跋扈（ばっこ）する地を平定し、鎮守の桜を都の外へと運び国を広げた。

戦いを必要とする武士たちには危険も多く、都を広げるために消えた命は幾千にも及ぶ。

一方貴族たちは平和な都から出ることもなく、その大半は宴（うたげ）だ歌詠みだと遊んでばかりいるのが当たり前となっていた。

その上貴族たちは、武士たちが広げた土地にやってきては『花は風が広げた地に根付くのが務めだ』と、せっかく築いた荘園（しょうえん）を奪っていってしまう。

確執は次第に大きくなり、争いにまで発展したのはいまより六代前の帝『花月帝』の時代。遡ること百二十年ほど前のことである。

花月帝は貴族ばかりを優遇し、結果、武士たちの反乱が起き、『これ以上我々から搾取するのであれば、もう二度と国のためには刀を取らぬ』と、武士たちは都を出て行き国と国を守る鎮守の桜の警護を辞めたのだ。

途端に桜は怪異の毒に侵され、都は悪鬼悪霊に飲まれた。

貴族だけでなく内裏にまで多くの被害が及び、人々は武士たちの働きにようやく気がついたのだ。

だが気がついてもなお、帝も貴族もすぐに考えを改められない。おかげで都は十年もの長きにわたって荒れ、多くの人々が怪異に貪られた。

それがようやく落ち着いたのは、二度目の代替わりで王座についた『星雲帝』の頃である。

貴族たちの意見が変わらぬと気づいた新たな帝は、まずは自分が動かねばと考え、武士たちに謝罪をしたのだ。

『世は変わった。花と風は共になくてはならないものだ』と両者の立場を平等にし、武士たちにも政に参加する権利を与えた。

荘園などの管理も武士が行うようになり、黄泉前の国で景時の両親が暮らせているのも、元をたどれば星雲帝のおかげだといえる。

彼らは再び国のために剣を取ることになり、都の治安は次第に回復し始めた。

以来貴族と武士は対等になったが、溝はそう簡単に埋まるはずもない。

それでもかつての明るく清らかだった都を取り戻そうと、多くの帝が苦心したのは言うまでもなく、後の光陽帝が服飾の縛りを解いたのも、両者の差を少しでもなくそうと考えた故だったと言われている。

おかげで昨今は両者の交流も生まれているものの、ようやく明るさを取り戻した都の裏では未だ両者の権力争いが続いている。

とはいえ千早のような、都と政から遠い場所にいる武士にとってはあまり関係のないことだった。

故に武士が仕事以外で貴族の住む街に足を踏み入れるのを避けていることも知らず、千早はためらいもなく明星の屋敷へと足を踏み入れた。

そして、驚きのあまり息を呑む。

――こ、ここは、本当に人の住む場所なのか⁉

何せ明星の屋敷は、あまりに広く豪華なものだったのだ。

武士たちは蓄えた富を武のために使うが、貴族たちは贅沢に使う。そのため貴族たちの屋敷は軒並み豪華な物だと師から教わってはいたが、連れてこられた明星の屋敷は、その想像を超える規模である。

四町もの広さの中、寝殿造りの正殿を中心に左右に四つもの対屋があった。そのうえ広々とした前庭には水まで流れ、釣殿から眺めるその景色は壮観の一言である。

あまりに雅な屋敷に、千早はただただ驚くことしか出来ない。

「家の中に川が……」

「川ではなく、ささやかな池だ」

「でも橋がかかっているぞ」

「風流だろう」

明星の得意げな声に、千早は唖然としながら邸宅を見渡した。

都の人間、特に貴族は風流という言葉を重要視し、雅な生活を送っているとは聞いていたが、これほどまでとは思っていなかった。

「まあ左京殿の屋敷と比べると少し広いが、くつろいでくれ」

「これは少しとは言わない」

などと会話している間に、千早は正殿へとつれてこられる。この建物一つとっても、師である左京の屋敷よりも広いかもしれないと考えていると、そこで小さな童がひょっこり顔を出した。

真っ白な髪をした童女に驚きつつ、千早はついしげしげとその姿を見てしまう。

——もしや、明星殿の式神か？　しかしそれにしては、怪異の気配を感じないな。

しかし人と言うには、中々不思議な髪と目の色をしている。

「それは白狐。私の式神……のようなものだ」

「のようなもの？」

不思議な言い回しに首をかしげていると、白狐が美しい所作で頭を下げた。

「明星さまの式神のようなものをしている白狐でございます」

「千早だ。黄泉前の国から、知人に会うため都に来た」

よろしく頼むと頭を下げると、白狐はそこで顔を僅かに赤らめる。

それを見て、明星が声を上げて笑った。

「おや、白狐はこういう者が好みか？」

「いやあの、好みと申しますか、千早様のように凛とした方には憧れがございまして」

「顔立ちは凛としているが、少々小汚くはないか？」

「おいっ！　小汚いは失礼だろう！」

「いや、実際少々汗臭いよ。白狐、この小鬼を風呂に入れて磨き上げておやり」

明星の言葉に、白狐は恭しく頭を下げた。けれど千早は嫌な予感に身構える。

「磨き上げろって何だ、風呂くらい一人で入れるぞ……」

「先ほど何でもやると言っただろう。お前には仕事を頼みたいが、それにはまずこぎれいになって貰わないと困るのだ」

明星の言葉に、白狐が千早の腕をむんずと摑む。振りほどけぬ力ではないが、幼子に「参りましょう」と言われてしまえば、嫌とは言えなかった。

その後風呂に入れられ、白狐の用意した服を着せられた頃には、千早はもうすっかり疲れ果てていた。

「なんで私がこんな目に」

「お風呂に入っただけで大げさです」

来た道を戻りながら、白狐に呆れられる。

「だってこんな、着飾りすぎだよ」

「むしろ地味なくらいです。もっと前にお知らせを受けていたら、立派な衣をご用意しましたのに」

「これ以上立派なのなんて、うんざりだよ……」

げんなりしながらヨタヨタ歩いていると、声を聞きつけた明星が待ちきれないとばかりに廊下に出てくる。

「ああ、ようやくきた……か？」

華やかだった顔が、そこで不意に固まる。

主人の表情をいぶかしく思ったのか、続いて出てきた清雅もまた千早を見て固まった。

なんともいえない長い沈黙に、わたわたと慌てだしたのは白狐だ。

「わたくし、何か粗相をいたしたでしょうか？」

「いや、着飾れとは言ったがこれではさすがに小鬼が可愛そうだよ」

そう言って、明星が苦笑を浮かべる。

「で、でも……、お屋敷にある中で一番似合いそうな物を選んだのですが……」

「でもこれは、女の着物だ」

「はい、承知の上でございます」

「いや、だってこれは女の……」

「はい、承知の上でございます」

丁寧に繰り返す白狐の言葉に、明星が唖然とした顔になった。

その顔で全てを察した千早は、美しい着物の上を流れる長い髪を振り乱す。

「見ればわかるだろう！　気づかなかったのか!!」

「いや、気づけという方が無理だろう。どう見てもお前は男だよ」

「女だ、女！」

「いや、ありえない。女なら私を見るなり恋に落ちるものだ」

「そんなの、物好きな女だけだ！」

威嚇する猫のようにわめき立てる千早を見て、明星は悩ましげに眉をひそめる。

「清雅、お前は気づいていたか？」

「……ええ、まあ」

だからこそ、検非違使になろうとした愚かさに呆れていました、とぼそっとつぶやく清雅に、千早はむっとする。

「女が検非違使になれないなんて、知らなかったんだから仕方がないだろう！」

「普通は知っているものだ」

「でも、それなら事前に性別は問うものだろう」

「当たり前だからこそ問わないのだ。女が来るとは普通思わないからな」

全て千早が悪いと言いたげな物言いに、苛立ちは募る。

だが反論するより早く、そこで明星が近づいてくる。

「でもそうか、女か……」

「そんなに見えないのかよ」

「いや、その服ならば見える。それに驚きはしたが、これは好都合かもしれないな」

怒りで乱れた千早の髪を整えながら、明星は「ふむふむ」と頷いている。

そんな彼に促され、千早は部屋に用意された円座に腰を下ろし、明星の話を聞くことになった。

「ともかくだ、お前には白狐同様私の式神のようなものになってほしい」

「風呂に入れられる前から言っている、『のようなもの』とはなんなのだ？」

「実を言うと、私は高名な陰陽師として名が通っている」

「なんだ突然？　それは、自慢か？」

まあ聞けと、明星は優雅に扇を振る。

「都一とうたわれた陰陽師に師事し、その一番弟子として人々に私は頼られているのだ」

「やはり自慢じゃないか」

「事実を申しているだけだ。日々貴族たちから占いをたのまれ、悪霊を祓い、場を清め、帝でさえ私に一目を置いている」

それも自慢だろうと更に指摘したくなっていると、そこで清雅の小さな咳払いが響く。

進まぬ話に業を煮やしたのか、得意げな明星の代わりに仮面から覗く赤い瞳がこちらを向いた。

「とはいえ、すべてが『いかさま』なのだ」

「い、いかさま……？」

千早が唖然とすると、そこで明星が憮然とした顔をする。

「さすがに、いかさまの一言で片付けるのは酷い」

「事実でしょう。陰陽師としての資質を、何一つもっていないのですから」

「何一つないのに、帝にまで重用されているのか⁉」

千早は驚くが、明星はどこまでも得意げである。

「逆にすごかろう。霊も見えず、式神さえ呼べないのに今では師をしのぐ陰陽師だと言われているのだ」

呆れつつも、千早は白狐が「のようなもの」と名乗った意味に、合点がいく。

これもまた、彼のいかさまなのだ。

「明星様は霊や物の怪も見えず、触れられず、祓うことも全くできないのだ。だが見栄を張って陰陽師だと名乗ってしまい、白狐のような風変わりな容姿の者を集めては式神の真似事をさせている」

「なら、清雅殿もそうなのか？」

白い髪に鬼面、さらに赤い瞳という容姿はどう見ても人ではない。

そう思っていると、明星が「違う違う」と笑った。

「彼は帝の血に仕える『冥の中将』なのだ」

明星の言葉に、千早ははっと身構える。この世のことに疎い千早でも、その名については聞き覚えがあった。

武士と貴族の争いによって都が荒れた時代、かろうじて人々が生きられたのは『冥の中将』と呼ばれる一人の武士のおかげだったと言われている。

たった一人で何千もの悪霊を斬り、彼が死んだあともその名は特別な役職として残った。

「都には『冥の中将』という悪鬼悪霊を祓う武士の一団がいるときいたが、あなたがそうなのか」

千早は清雅に尋ねたのに、そこでもぐっと身を乗り出したのは明星だ。

「さよう。この清雅は『冥の中将』と呼ばれる者たちの中でもひときわ優れた武士だ」

「ならなぜ、いかさまの護衛をしているのだ？」

優秀なら優秀な男に仕えれば良いのに思っていると、明星は固まる。一方、清雅は何かをこらえるように顔を逸らす。

「お前、私が親王だということを忘れているだろう。言葉遣いも無礼だし」

「このしゃべり方以外を知らないだけで、忘れてはいない。でも、いかさまをしているのを狡いとは思っている」

「もうそれ以上言うな。確かにいかさまだが、人の役に立っているのは事実だぞ」

拗ねた顔を扇で軽く隠しつつ、発端となった清雅を明星は小突く。

「まあ、その手柄が清雅のおかげであることは否めないな。清雅は悪霊をその目に映し、斬ることができる」

「なら、明星殿の代わりに悪霊退治をしているのは……」

「この清雅だ。でも占いは私の得意分野だぞ。特に恋占いはよく当たると評判だ」

陰陽師は恋ではなく星を見る者だと聞いていた千早は、明星の才能のなさを察する。

「それに冥の中将とは、元々帝に連なる血を守る特別な武士だ。故にこいつは私のもの。つまり私の刀であり力であるとも言える」

調子の良いことを言っているが、つまり清雅はいかさまの片棒を担がされているのだろう。武士としてそれでいいのかと千早は呆れるが、清雅に不満げな様子はない。

「俺の身体も力も明星様のものだ。だから好きに使えば良い」

「という具合なので我々は一蓮托生。これまで多くの悪霊を祓い、今ではすっかり英雄扱いされているのだよ」

得意げに言うことではないが、明星はきっと些細なことを恥じる男ではないのだろう。ある意味、度胸がある。

「しかしまあ、評判があがると頼まれごとも増えてな。近頃は清雅だけでは手が足りずに、困っていたわけだ」

「まさか、それで私を？」

「左京殿の弟子ということは、彼のように怪異を見て、斬る力もあるのだろう？」

「できるが、いかさまの手伝いは嫌だ」

「だが、手伝ったらお前の景時に会えるぞ」

ぐっと、千早は言葉に詰まる。

けれど、すぐに首を縦に振れない。

「しかし怪異にはあまり関わるなと、景時や左京からは言われているのだ」

生まれた時から、千早は黄泉に片足を突っ込んでいる。

こちらから霊を見るだけでなく、霊の方からも千早はよく見えるのだ。彼女の魂は霊に好かれやすく、幼い頃はよく命を狙われた。霊——中でも悪霊は、特定の魂を求め欲する性質がある。

千早のように、生まれた時から霊が見えるような人は取り憑かれ、少しずつ魂を削られ早くに死ぬ事が多いと言われていた。

そして悪霊に取り憑かれて死んだ者は、黄泉の世界に行くことが出来ない。取り憑かれた悪霊と一つになり、陰陽師などに正しく祓われるまで永遠にこの世をさまようことになるのだ。

そんな目に遭わなかったのは、左京や景時に助けて貰ったからだ。

今は襲いかかる悪霊を自分で祓うことができるが、力を持たぬ頃は二人を危険にさらしてしまったことも何度もある。

そのときの苦い記憶が、どうしても頭をよぎってしまう。

「陰陽師のように、人のために霊を祓ったことはない。だから役に立てる自信もない」

「いかさまな私でさえ陰陽師を名乗れているのだ。素養があるお前なら、きっと大いに役に立つ」

千早が迷っていると、明星が更に何か言おうと口を開く。

だがそれを、清雅が止めた。

「本人が嫌がっているのに、無理強いするのはどうかと」

「だが私の直感が、この小鬼は役立つと言っている」

「俺の考えは真逆です。この娘が明星様の役に立つとは全く思えません」

清雅は、バッサリと切り捨てる。

明星の申し出を引き受けるのをためらっていたくせに、いざそんなことを言われると千早はどうにも頭にきてしまった。

「私は、役立たずではない！　やろうと思えば、どんな悪霊さえも切り伏せる術を左京から学んだのだ！」

「左京殿の霊剣は、そう易々（やすやす）と学べるものではないだろう。この三十年、多くの武士が彼を師事したが会得できたものはいないという話だぞ」

「だが私はできた。免許皆伝し、今なら景時に会えるとお墨付きも得たのだ」

だからこそ、遠路はるばるこの桜花京へとやってきたのである。

それを告げたところで、清雅の眼差（まなざ）しは揺るがない。それが頭にくるのは、かつて景時に「お前は弱い」と言われた時の事が頭をよぎるからだろう。

あのときの千早とは違う。それを証明するために都まで来たのに、決意とやる気を挫こうとする清雅にどうにも腹が立つ。

そして腹が立つと迂闊になるのが、千早の悪いくせでもあった。

「信じないというならこの手で証明しよう！　明星殿、私を是非使って欲しい！」

途端に明星が目を輝かせ、清雅が啞然とした顔をする。

「そうかそうか！　では思う存分こき使ってやろう！」

「だめです明星様。こんな娘に悪霊の相手など無理に決まっています」

「いや、やってみればなんとかなるものだよ」

明星が断言すると、清雅はあきれ果てたのか「好きにしろ」と言いたげに席を立った。

そのまま部屋を出て行く際、清雅はチラリと千早に視線を向けた。また何か言われるかと身構えたが、彼は目をそらし立ち去った。

言葉はなかったが、向けられた眼差しは怒っているというより哀れんでいるようにも見え、千早は戸惑う。

「清雅と、上手くやっていけそうで何よりだよ」

清雅の態度に首をかしげていると、明星が皮肉とも本音とも取れない声で笑った。

満足げに見つめられ、千早は清雅のことを一度頭から追い出す。

――今は、この人の役に立つことを考えよう。そうすればきっと、景時に会えるのだ。

決意を示そうと、千早は小さな背をまっすぐに伸ばす。

「清雅殿より、役に立ってみせる」

「あれと張り合うとは、やはり面白い小鬼だ。ならば、清雅にはできないとっておきの仕事をしてもらおうか」

明星から一心に向けられる期待に、千早は笑顔を向けた。

けれどその顔は、早々に陰ることとなる。

「ということで、小鬼はまず行儀作法をならってもらおうか。そのしゃべり方はあまりに酷いし、小鬼を送り込む後宮には不釣り合いだからね」

目をそらしたくなる程美しい微笑みが、千早にまっすぐ向けられる。

あまりに神々しいが、よく見るとその目には不穏な影がある。

綺麗な男だが、もしかしたら腹の中は真っ黒なのかもしれない。

それに気づいたことで、千早は今更のように清雅が向けた哀れみの意味を知る。

――もしかして、私はとんでもない人の元に来てしまったのかもしれない。

気づいたものの、やめたいと嘆くには遅すぎた。

大内裏の更に内、帝の寝所のある『内裏』の北端――『暁紅殿』には近頃悪霊が出る。

そんな噂がまことしやかに囁かれ出したのは、夏の暮れのことであった。

内裏、とくに多くの后妃が住まう後宮には多くの人と欲望が渦巻き、都が荒れた当時は人の持つ負の感情に惹かれた怪異が跋扈し鎮守の桜さえも完全に枯れてしまったという。

その後冥の中将が内裏の怪異を祓い、彼が桜を蘇らせ平和は戻ったが、多くの血が流れたという事実が不安や憶測を呼び、百年以上がたった今も悪霊騒ぎが起こることがあった。

此度の噂の中心である『暁紅殿』は内裏の北に有り、風早と呼ばれる中宮が住んでいる。日夜何かしらの怪奇が起きているという話で、度重なる騒動で中宮を含む暁紅殿の女たちは日に日に元気をなくしていた。

そして事態を憂いた帝や帝太后が、このたび調査役に選んだのが明星であった。

内裏の事情にも聡く、中宮とも親しい明星ならば適任だと思ったのだろう。

とはいえ、彼には霊を見る力はない。しかし代わりに清雅を差し向けようとすれば「怖い」と気の弱い女房たちが泣き叫び調査どころではなくなる。

困り果てた矢先、見つけた逸材が千早であった。

「……つまり、この方が左京様の？」

「弟子でございます。今は男の格好をしておりますが、こう見えても娘。悪霊を目に映し、斬ることもできる逸材でして」

明星がそう言って微笑む先、御帳台の奥にいるのが、暁紅殿の主『風早中宮』である。武家である風早家の一人娘で、元々は女官として後宮に入った身であった。しかし帝の寵愛を受け中宮まで上り詰めた彼女には、帝の母が建てたこの暁紅殿を与えられたのだ。

そんな女人を前にして、柄にもなく緊張していたのは千早である。

——こ、こんな美しい気配……初めてだ!!

明星の側に座る千早と中宮の間には帳が垂らされ顔は見えない。

だが気配が、香りが、あまりに神々しくてすでに酔いそうになる。

明星は親しい仲だからと直に言葉を交わしているが、その声さえ軽やかで耳の奥が心地よくなる。

左京との修行は常に野山で行われ、獣や草木の匂いばかり嗅いできた千早にはあまりに刺激が強かった。

一人クラクラとしていると、不意に小さな咳払いが聞こえる。慌てて顔を上げると、明星と反対側に座っていた清雅が千早を睨んでいる。

「青い顔をされていますが、いかがなさいました？」

続いて中宮に声をかけられたことで、はっと我に返る。そのまま返事に困っていると、明星が小さく笑った。

「これからのことに緊張しておるのでしょう。この小鬼は男のように育ちましたが故に、ここでの生活に不安を抱いているようで」

「心配はいりませんよ、千早。行儀見習いをかねて後宮に入る娘も多いですし、椿(つばき)の典侍(ないしのすけ)から作法と仕事を学べば良いかと」

中宮が温かな声で言えば、側に控えていた女が頭を下げる気配がする。たぶん、彼女が椿の典侍なのだろう。

一方で、典侍という呼び名を千早は不思議に思った。

事前に明星から叩(たた)きこまれた知識のなかには女房と女官の階級もあったが、典侍というのは后妃ではなく帝に仕える者だと聞いていた。

そんな疑問を察したのか、椿の典侍が口を開く。

「不気味な噂が立つようになって、暁紅殿の女房たちが次々やめてしまったのです。その抜けた穴を補い、中宮様の身を守るようにとの帝のご命令で、私はこちらにいるのです」

「帝が、最も信頼できる人だからと、よこしてくださったのよ」

ここに来るまでいくつかの殿舎を通ってきたが、華やかな女たちが闊歩(かっぽ)する場所が多い中、暁紅殿だけは他のような賑わいがない。

それもこれも、他の殿舎とちがい余裕がないからだろう。

「なのであなたにも、女房の仕事を手伝っていただくことになるかと思います」

椿の典侍は、冷ややかな声で告げる。

仕事に厳しそうな人だと不安を感じていると、それを代弁するように明星が難しい顔をした。

「こき使っていただくのは構いませんが、そうとうくせ者ですぞこの小鬼は」

悩ましげな顔で明星が扇を額に当てると、中宮の小さな笑い声が響く。

くせ者という言葉を、冗談だと思ったに違いない。

「大丈夫ですよ。ここの女房は皆気が良いですし、多少の粗相を咎めたりは致しません」

「粗相程度ではすまぬのですよ。なにせこの小鬼、女物の着物を着て歩くのが精一杯という有様で」

明星が軽快に笑えば、中宮と典侍が僅かに戸惑う気配がする。

「なのでまあ、小鬼は私の式神ということにしておいてください。そうすれば、滑稽なことになっても大目に見てもらえるでしょう」

「そ、そうですね……。歩くのがやっととなると、確かにその方がよいかもしれません」

言いつつ中宮の視線が、千早の方へと向けられた。

「それで千早。なにか得意な芸事はありますか？」

「芸事には、剣も入るのか？」

答えた瞬間、なんとも微妙な空気になる。しかし中宮はめげず、更に質問を重ねた。

「えっと、お琴は……」

「弾けぬ」

「舞は？」

「舞えぬ」

「歌を詠むのは得意ですか？」

「歌とはよむものなのか？　歌うのではなく？」

「和歌のことです」

「……わか？」

首をかしげた瞬間、ただでさえ微妙な空気が凍り付いた。特に椿の典侍からの視線が、やけに冷たい気がした。

「まあこんな有様なので、悪霊が出ぬうちは部屋の隅にでも置いておいて下さい」

明星がそんな言葉で締めたが、凍り付いた空気がほぐれることはついぞなかった。

中宮との話が終わると、明星と清雅は早々に場をあとにした。下手に長居すると明星は女性に捕まってしまうため内裏に長居はできないらしい。

残された千早は不安を抱えつつ、椿の典侍に促され女人の着物を纏うこととなった。

——……やっぱり、慣れない。

明星が用意してくれた着物は風流に疎い千早でも目を見張る、それは美しいものだった。だがそれを自分が纏った途端、酷く滑稽に見える。

事前に髪は整えてきたので、縛り上げている髪をほどき垂らせば一応女には見えるが、どうにも落ち着かない。

「一応、見かけだけは女房に見えるわね」

そんな千早に声をかけてきたのは、彼女の面倒を見てくれる椿の典侍である。

男たちが去ったあと、几帳をあげて姿を現した彼女は気の強そうな面立ちをしていた。中宮の方は儚げな美人で、顔を見て余計にどきどきしてしまった千早である。

「部屋の隅に置いておけと明星様は仰いましたが、ここにいるからにはちゃんと仕事をしてもらいますよ」

「も、もちろんそのつもりだ」

「言葉遣い」

「へ？」

「あなたは振るまい以前に言葉遣いがなっていないわ。特に中宮様や親王様に対しての言葉遣いには気をつけなさい」

そういえば、同じ事を明星や白狐にも叱られたのを思い出す。

「も、申し訳ありません……。緊張でつい……」

一応最低限の作法は白狐からたたき込まれたし、女房としてすべき仕事は覚えてきたつもりだったが、いざとなるとつい抜けてしまう。

「とりあえずちゃんと歩けるかどうか見るために、内裏を回りましょう」

椿の典侍の言葉に、千早は大きく頷いた。途端に、鋭い瞳がより険しくなる。

「もう少し、慎みを持ちなさい。身振り手振りも顔も、うるさすぎます」

「か、顔も……?」

「顔も」

ぴしゃりと言って、部屋を出て行く典侍に千早は慌ててついて行く。

途端に「足音もうるさい」と叱られ、そろそろとあとに続く。

――女とは、不便なものなのだなぁ……。

僅かな距離もゆっくりと移動せねばならないし、着物は重いし長い髪をまとめないのは煩わしい。その上身を守る刀を身につけることも許されないのだ。

頷いただけで叱られるくらいだから、笑ったり泣いたりしたらものすごく怒られるに違いない。そう思うと、自分はずいぶん楽に生きてきたのだなぁと千早はぼんやり思った。

途端にしゃきっとしなさいと怒られ、慌てて武士のように凜々しい顔を作る。すると今度は「慎みがない」とさらに怒られる。

——む、難しい……。

などと嘆けば更に睨まれ、千早はどんな顔をすれば良いのか全くわからなくなった。

そしてなんとも言えない珍妙な顔のまま、彼女は典侍と内裏を歩き、説明をうけた。

内裏には、現在七つの殿舎がある。

帝の住む『月影殿』を中心に、北へと扇状に広がっているのが后妃たちの住む殿舎だ。月影殿からの距離が妃たちの位を表しているそうで、近い場所には帝太后や帝后などの住まいがあり、中宮とは言え女官上がりの風早の宮はもっとも北にあった。

また帝后たちの宮はすべて空と時間に関する名がつけられており、夜に関する名前はこでも尊いものとされている。

そのため夜の名を持つ宮は皇子を産んだ妃にしか与えられてない。

また産まれた皇子たちは成人するまで宮の名前で呼ばれるのが一般的で、三の皇子である十六夜などがそれにあたる。

初めて知る情報にうんうん頷いていると、そんなことも知らないのかという顔をされるが、千早は今の今まで剣以外に興味を持ってこなかったのだ。

国の成り立ちなど最低限の知識はあるが、咄嗟には出てこない。

それを察したのか典侍には更に呆れた顔をされる。

これはまた叱られてしまいそうだとヒヤヒヤしながら、千早は彼女と内裏を巡った。

同時に、彼女は油断なく周囲に目を向ける。

元々千早がここに来たのは、内裏で起きる悪霊騒ぎを調べるためなのだ。

——しかし、なんだか妙だな……。

一部立ち入れない場所はあったものの、内裏を巡ってわかったのは空気が清いことだけだ。

悪霊はもちろん物の怪の気配なども、影も形もない。

「まさか、『人柱』でもあるのだろうか」

思わず口からこぼれた独り言に、椿の典侍が千早を睨む。

「今の言葉は内裏では禁句です」

先ほどとはまた違う冷たい声に、千早は慌てて口をつぐむ。

「あのような物騒な物、この平和な世にあるわけがないでしょう。今の帝は邪法を嫌い、人柱のような物は絶対に許しません」

「でも、あまりに空気が綺麗なので……」

椿の典侍の空気に押されながら、千早は小さな声で言い訳をするが更に睨まれた。

――まあでも確かに、あんな酷い物が都にあるわけがないか。

人柱とは、都が荒れていた時代に考案された邪法であり、一種の魔除けである。

だが一般的な魔除けが札などを用いるのに対して、人柱は千早のように悪鬼悪霊を引きつける力を持つ女を用いて作られるのだ。

力ある者はその身に悪霊を招き入れてしまう性質があり、それを利用して悪しき者を一所に集め人柱の中に縛ることで周囲の安全をもたらすのだ。かつては内裏にも人柱が存在していたそうだが、今は悪しきものとされ忌避されている。

「ともかく、人柱についての話は以後せぬように」

「は、はいっ！」

「返事はもっと慎ましく」

ぴしゃりと言われ、慌てて千早は小さな声で「はい」と告げる。

今度は問題なかったのか、典侍は淑やかに歩き出した。

彼女に続きながら、千早は改めて気を引き締める。

――ひとまず、夜にまた様子を見てみよう。雰囲気もまた変わるかもしれない。

夜間出歩くといい顔をされないだろうが、気配を消して闇夜に紛れるのは得意だ。

――そのときは、男物の着物でこよう。

今の格好では、歩くのに精一杯で何か大事なことを見落としてしまいそうだ。

　ひとまず今は何も収穫がなさそうだとがっかりしつつ歩いていると、気が抜けてしまったのか、つい足下がおぼつかなくなる。

「あふっ……！」

　なんとも滑稽な声を上げ、千早はべしゃっと転んだ。慌てて起き上がろうとするが裾(すそ)を踏んで再び転び、前を歩いていた典侍が唖然(あぜん)とした顔で振り返る。

「……これは、歩き方からもう一度訓練した方が良さそうね」

　恥ずかしさに頬を赤らめながら、千早はいたたまれない気持ちで顔を伏した。

「なぜそんな小刻みに震えるのです？　ただ、まっすぐ前を向いて歩くだけですよ」

「で、でも……物を持ちながらだと、どうしても……」

「刀は持てるのでしょう。なら重ねた膳(ぜん)くらい軽いはず」

「重くて震えているわけではないのです。ただままならぬ身体(からだ)を動かそうとすると、どうにも……ああっ！」

　べしゃっと前に倒れれば、途端に椿の典侍の叱責(しっせき)が響く。

　それと重なるように女人たちの笑い声がして、千早はいたたまれない気持ちになった。

「満足に歩けないとなると、仕事も任せられません。暁紅殿は鬼の手を借りたいほど人手が足りないのですから、あなたにも色々と頼みたいことがあるのですよ」

「も、申し訳ない……」

「言葉遣い」

「は、はいっ！」

暁紅殿に帰ってきてからずっと、こうして歩き方と振る舞いの練習をさせられている。

しかし典侍の鋭い視線に射貫かれているとどうにも緊張してしまい、いつも以上にままならない。

その上騒ぎを聞きつけ、中宮に仕える他の女房たちまで見学にくる始末だ。彼女たちは千早を明星の式神だと思っているので、小鬼さん頑張ってなどと声をかけてくる。

(小鬼ではないのに、すっかりこの呼び名が定着してしまった……)

そもそもなぜ小鬼なのだ。鬼は強そうだからまだ良いが、小鬼となるとなんだか情けないではないかと、どうでも良いことが気になってくる。

その上この呼称のせいで、清雅の弟分だと思われている節がある。

「冥の中将様と違って、小鬼さんは愛らしいわね」

あれと比べるなと千早は言いたくなるが、女房たちがそんな心情を悟ることはない。その上彼女たちは、何やら清雅についての話で色めきだっている。

「小鬼さんは確かに可愛いけど、中将様の陰のある佇まいも色気があって素敵じゃない」

「知り合いが言っていたけれど、中将様のお顔はとても凛々しいそうよ」

「明星様にも並ぶ美形なんですってね！　中将様に面倒を見ていただける小鬼さんが羨ましいわ」

なんて事をこそこそ喋っているのが聞こえ、千早はより複雑な心持ちになる。

「ほら、早くお立ちなさい。小鬼といえど、中宮様にお仕えするのなら最低限の振る舞いは必要です」

厳しい言葉をかけられ、千早は慌てて立ち上がる。

裾に足を取られて再び転がりそうになったが、ここで倒れたら典侍のほうが鬼になってしまいそうなのでぐっとこらえる。

——椿の典侍は、左京よりも恐ろしい。

師も修行中は鬼のように厳しかったが、彼の方はまだ笑顔があった。などと考えていると、椿の典侍が「小鞠」と女房たちのほうへ顔を向けた。

名を呼ばれ、前に進み出てきたのはひときわ小柄な女房だ。中宮のような目を見張る美しさはないが、愛らしい顔立ちは野山で見た子リスのようだと千早はうっとりする。

「小鞠、千早にお手本を見せてあげなさい」

頷く仕草すらたおやかに、小鞠は千早が転がした膳を拾って重ねた。

それを恭しく掲げ、ゆっくりと広間を回る。

──まるで滑るように移動している。……すごく、綺麗だ。

確かにこの動きを習得できれば、典侍に叱られることはないだろう。それに千早自身、初めて見る身体捌きにいつしか目を奪われていた。

だからつい淑やかにせよと言われたのを忘れ、目の前に停まった小鞠の腕をつかんでしまう。

「小鞠殿、是非着物を脱いでくれ！」

縋った瞬間、小鞠は恥じらいと恐怖で固まり、女房たちは悲鳴にも似た声を上げる。

しかし千早は興奮のあまり、自分の失言に気づいていない。

「あなたの身体の動きを、是非この目でじっくり見せて頂きたい！　どの筋を、どの肉を使っているか直に見れば、きっと動き方がわかると思うのだ!!」

だから今すぐ着物を脱いで欲しいと裾を握った瞬間、未だかつてないほどの殺気を千早は感じた。

悪霊をも斬ってきた千早でさえ震え上がる視線に恐る恐る横を見ると、そこには鬼がいた。　椿の典侍という名の鬼が。

「……千早、そこにお座りなさい」

恐ろしい殺気を放ちながらも、彼女の表情と声は落ち着いている。欠片の感情も読み取れない慎ましい顔に見えるが、だからこそ恐ろしい。

「……あ、あの。私は……ただ……、小鞠殿の筋を……」

「黙って、お座りなさい」

先ほどより強まった声に、慌ててその場に座す。

これは絶対説教だと思いビクビクしていたが、椿の典侍が千早の前に座ろうとした直前、何やら部屋の外が騒がしくなる。

続いて慌ただしい足音が近づいてきて、典侍の表情が強（こわ）ばった。

「まったく、今日はみな騒々しいですよ」

やってきた女房は、鋭い声にびくりと動きを止める。しかし彼女が手にしている物を見た途端、椿の典侍の殺気が突然消えた。

「……また、文が届いたのですか？」

「はい。今度は庭の梅の木に刺さっていて……」

女房がこわごわと差し出したのは矢文である。千早は見慣れた物だが、美しい女人の手には不釣り合いな物だった。

（それにこの矢文、妙だな……）

都を警備する武士たちに支給されている矢は犬鷲（いぬわし）の羽が主に使われているが、女房が手にした矢羽根は夜のように黒く、烏（からす）の羽のように見えた。

もしそうなら、色々とおかしい。後宮では支給された装備品以外の使用は基本禁止されているし、警備の任についていないかぎり貴族でも武士でも武具は持ち込めないのだ。

（なにより、後宮で弓を射て見とがめられない者などいるだろうか……）

そんな事を考えていると、先ほど千早に歩き方の手本を見せていた小鞠がわっと泣きだし顔を覆う。彼女だけでなく、その場にいる女房たちの幾人かも泣きそうな顔で矢から顔を背けていた。

何事かと驚いていると、典侍がなだめるように小鞠の背を撫でた。

「怖がらなくて良いのです。この件を解決するために、明星様が千早を遣わして下さったのですから」

そして典侍が、矢を千早の前に置くようにと告げた。

「千早、あなたにも出来ることがあると証明なさい」

「へ？」

「明星殿から遣わされた身なれば、この矢文の意味が解けるでしょう？」

「意味……ですか？」

目の前に置かれた矢文は矢羽根が珍しいことを除けば特段おかしな点はない。だが千早がそれを持ち上げただけで、周りからは小さな悲鳴さえこぼれる。

その声に潜む恐怖を感じ取った千早は、矢から文を抜き取った。

――これは……。

文を開けば、女房たちが怯える理由がようやくわかる。

文に綴られた文字は血のように赤く、意味をなさない言葉が羅列している。読めたのは『想う』と『小鞠』という文字だけで、乱れた筆跡はひどく不気味だった。

「小鞠殿宛の手紙のようですが、どなたからの物ですか？」

尋ねてみるが、小鞠は顔を伏せるばかりだった。

代わりに口を開いたのは椿の典侍だったが、その表情は苦々しい。

「……悪霊です。だからこそ、あなたには文を送ってくる霊を鎮めてほしいのです」

典侍の言葉がたしかなら、確かに千早に解決出来るかも知れない。

――よし、ここで名誉挽回をしてみせよう。

これ以上叱られないためにもと、千早は胸を張った。

「お任せ下さい。この千早が、悪霊を斬ってみせましょう！」

思い切り宣言したが、小鞠の顔は不安げに引きつっている。その顔にもう一度笑いかけながら、千早は任せてくれと男のように胸を張った。

その仕草を典侍に叱られたのは、言うまでもない。

――しかし、任せろとは言ったものの……。

月明かりの下、人気のない暁紅殿の屋根の上で、千早は手紙を手に寝転がっていた。

昼は下ろしていた髪を雑に一つに結い、身軽な狩衣(かりぎぬ)を纏(まと)った姿は男童のようだ。

この狩衣は、どうしても身動きの取りやすい服を持っていきたいという千早の我が儘(まま)を明星が叶(かな)えてくれたものである。

衛士たちが纏っているものなのは、見とがめられても問題ないようにという配慮だろう。

とはいえ誰かにこの姿を見られるような失態を犯すつもりはなかった。

万が一椿の典侍に見とがめられれば叱られるのは確実だ。だからこそ夜更けを選び、こうして屋根に上がっているのである。

――それにしても、悪霊というのは字が下手なものなんだなぁ。

などと思いながら月にかざすように手紙を眺めていると、不意に視界が暗く陰る。

驚きのあまりはっと身を起こすと、瓦(かわら)で足が滑り身体が傾く。

まずいと思いつつ体勢を立て直せずにいると、突然何かが千早の腰をぐっと抱き支えた。

「お前は、本当に落ち着きがないな」

　耳元で響いた声は、清雅のものだった。今更のように、自分を抱き支えているのが彼の逞しい腕だと気づく。

　なんともいたたまれない気持ちになり、借りてきた猫のようにおとなしくなっていると、ゆっくりと屋根の上に座らされる。

「それで、なぜこんな場所にいる」

「そ、それは私の言葉だ」

「お前の様子を見てこいと、明星様のいいつけだ」

「だからって、まるで賊のように忍び込んでくることはないだろう」

「許可は取っている。ただこんな夜更けに歩いていると、会う人皆に叫ばれるから闇に紛れているだけだ」

　確かに、月夜に浮かぶ鬼の面と白い髪は悪鬼悪霊に見間違われても不思議はない。

「それより、お前こそ賊のようだろう。なぜ屋根の上にいる」

「ここなら、巡回の衛士にみつからない。ほら、中庭の梅の木が上手いこと衛士の通る渡殿から視線を遮ってくれるだろう」

「そういう知恵は、あるのだな」

「馬鹿にしているのか？」

「褒めているのさ、一応」

言いながら、千早の隣に清雅が座した。

その途端ほんの僅(わず)かだが、血を思わせる香りが漂った。気になって鼻を動かしていると、清雅が距離を取るように身体(からだ)を傾けた。

「気にするな、血の香りには慣れているよ。それより、なにかもめ事か?」

興味を引かれて尋ねると、清雅が僅かに驚いたように口を開ける。だがすぐにそれを閉じ、彼は小さく頷(うなず)いた。

「物取りを捕らえただけだ。その際少しだけ、血が流れた」

少しの血が身体に移るほど香るだろうかと千早は思ったが、それ以上を彼は語らない。

気にはなったが、多分彼にも何か人に言えぬ事情があるのだろう。そう思い千早は質問を重ねるのをやめた。

それにふと、気になることが出来たのだ。

「なあ清雅殿、血の臭いというのは中々落ちぬものだよな?」

「……そうだな」

「だとしたら、これは何だと思う?」

手にしていた文を渡せば、清雅の顔が強ばる。

彼も夜目が利くのか、手紙の内容をしっかりと読んでいるようだった。

「小鞠という女房の元に、こうした手紙が届いているのだそうだ。椿の典侍が言うには、悪霊からの物だと」

「だが、霊の気配はないぞ」

「だから気になっている」

本当に霊の仕業なら、その名残があるべきなのだ。

それが悪霊であるなら、恨みや念などが物にこびりつく。そういうものも千早の目には映るのだが、この手紙には何もない。

「今は見えにくいが、文字は赤く、血のようにも見えたのだが臭いがしないし霊の気配もない。なのに霊の物だとみんなは言うんだ」

「まあ、そう言うだろうな。都の人々は、得体の知れないことが起きるとすぐ怪異のせいにしたがる」

例えば……と、清雅は呆れるような声を出す。

「内裏にある『宵壺』を知っているか？」

「ああ、今は使われていない宮だと典侍が教えてくれた」

「あの宮には霊がいて、行くと呪われ気分が悪くなるという噂がある。だがいざ調べてみると、霊など影も形もないのだ」

「そんな事があり得るのか？」

「あり得る。大抵は気のせいで、本物の怪異が絡む相談などまずこない」

意外な言葉に、千早はきょとんとしてしまう。

「でも、怪異がらみの問題を解決するためにお前や明星殿がいるんだろう」

「全てが怪異の仕業だとしたら、明星様と俺だけで対処できるわけがないだろう。下手をしたら、明星様のいかさまも露見してしまう」

確かに……と、千早は思わず頷いてしまう。

「だから宮中に広がる怪異がらみの噂は、たいてい『気のせい』なのだ」

「しかし暁紅殿の女房たちは皆本気で怖がっているぞ」

「そこがやっかいなところだ。都の民、特に貴族たちは怪異を必要以上に怖がるあまり、些細なこともすべて怪異の仕業だと思ってしまう」

そしてそのたび、明星の所に相談が持ち込まれるのだと、清雅はため息をついた。

「貴族は気位が高いから、『気のせいだ』と言ってもきかぬ者もいる。だから明星様や俺が、悪霊を退治するふりをしてやることも多いのだ」

「やっぱり、いかさまじゃないか」

「だが、そのいかさまに救われる者もいる」

千早には理解できぬことだが、あえて何も言わずそういうものなのだろうと受け入れた。

事実救われている者がいるのなら、否定する必要はないというのが千早の信条だ。

「でもそれなら、私の能力は逆に役に立たないかもしれないな」

「そうでもない。左京殿の弟子であるお前なら、たとえ実際に悪霊を斬らずともただいるだけで心安らぐ者もいるだろう。むしろそれを見越して、明星様はお前を内裏に送り込んだに違いない」

「なら清雅殿も、ただいるだけの事が多いのか？」

「否定はしない」

「じゃあお互い、せっかくの能力が役に立たないのは一緒だな！」

彼も能力を持て余していると知ると妙に嬉しくて、つい声が跳ねる。

それに気分を害したのか、鬼の面から覗く清雅の眼差しは不機嫌そうだった。

今にも嫌みの一つでも飛んできそうだったので、千早は慌てて文へと目を戻す。

――しかし気のせいというなら、見方を変えなければいけないな。

とにかくまずは、これが悪霊からの物なのかを見定めねばと思い、何か糸口になるものはないかと千早は文を観察する。

そうしていると、気になったのはやはり匂いだ。

鼻をヒクつかせていると、清雅が小さく首をかしげる。

「何か匂うのか……？」

「よくよく嗅いでみると、うっすらとだが甘い香りがするんだ」

文を差し出せば、清雅も鼻先を近づける。

「確かに甘いな……。それに、何か香を焚き染めてあるようだ」

「香？　紙なのに？」

僅かに首をかしげると、仮面から覗く赤い目がおかしそうに細められる。

「都では、文に香を焚き染め匂いをうつすのだ。そのときの季節や己の心持ちを香りに託すのだよ」

「なるほど、都人の作法か」

「ああ。俺も最初はなぜそんな手間をかけるのかといぶかしく思ったが、それが風流というものらしい」

清雅の説明に納得しつつ、千早は少し不思議な気持ちになる。

「私の故郷ではそもそも文などあまり出さないし、香り付けをするのは服だけだ」

「体臭を消すためだな」

「でも香選びに失敗すると、汗の臭いと混じって酷いことになる」

特に師の左京は鼻の利きが悪いのか、いつも得体の知れない香りを漂わせていた。

それを思い出してげんなりしていると、清雅がふっと笑う。

「左京殿の事を思い出していたな」

「ああ。師は臭いがすごい」

「彼は文の香りも酷いぞ。おかげで歌を詠むのは上手いのに、女性から返事が来たことがないらしい」

「あの師も、女に手紙など書くのか」

千早が弟子になってからは都から距離を置き、野山で武芸にばかり励んでいた左京である。今は都に戻っているが、屋敷にこもって出てくる気配はなく、女と交流を持っている様子もない。

「若い頃に色々と失敗をして、一生独り身でいると決めたようだ」

「よく知っているな」

「俺も左京殿に師事していたことがある。そのとき、酒の肴に女の話をよく聞かされた」

「師事していたということは、もしや清雅殿も景時を知っているのでは？」

仮面と髪のせいで年齢はわからないが、少なくとも千早よりはずっと上だろう。ならば景時と同じ頃に、左京から教えを受けていてもおかしくはない。

そう思って身を乗り出したが、清雅はふいと鬼の面で隠した顔を逸らしてしまう。

「顔を合わせた事はあるが、あまり覚えがない」

「あんないい男だぞ、忘れるわけがない」

「い、いい男……？」

「ああ、素晴らしくいい男だ！　小柄だったが身体の肉付きは良く、何より腕の筋がいい！」

「ああ景時の筋を思い出すだけで、胸に熱い想いがたぎる……！」

感慨に浸っていると、清雅は大きなため息をこぼす。

「女が、肉付きとか筋とか言うものではない」

「だって本当に良い筋だったのだ！　剣を振るたび、しなやかに隆起する肩筋と肉は本当に美しくて……！」

「あまり大きな声を出すな、気づかれるだろう」

慌てた様子で口を押さえられ、千早は渋々言葉を飲み込む。

「ともかく俺は、景時という男のことも奴の筋のことも知らぬ」

「そうか……」

少し残念に思いつつ、あれは本当に良い筋なのにと記憶をうっかりたぐり寄せてしまう。

筋のことを考えていると気づかれたのか、清雅が困ったようにため息を重ねた。

「お前は、男の肉や筋が好きなのか？」

「女も好きだ。動きによって、隆起する様を見るのが好きだ」

「……変わり者め」

「だが戦いでは便利だぞ。相手の体つきを見ればすぐに力量がわかるし、弱点もわかる」

「だとしても、ここでは肉とか筋とか言うなよ。特に女に言っては駄目だ」

「す、筋……？」

「……そうか、だから怒られたのか」

今更小鞠に怯えられた理由を察すると、清雅が呆れた顔になる。

「筋について語ってはいけないなら、早くに教えて欲しかった」

「いや、まさか筋だ肉だと言い出す女がいるとは思わないだろう」

「私だって、筋や肉だと言って怒られるとは思っていなかったのだ。世事に疎いと伝えていたのだし、こういう場所に放り込むなら、教えておいて欲しい」

「……そうだな、確かにそこは察してしかるべきだったかもしれない」

と言いつつ、哀れなものでも見るような視線を向けられる。

「式神だってもう少し常識を知っているからな。この件が終わったら、明星様にお前をまともにするよう言っておく」

式神以下だと言われるのは不服だが、実際自分の世間知らずが度を越している自覚はある。だからここはこらえ、頼むと頭を下げた。

それを、清雅は少し驚くようにみつめる。

「まともになって、ちゃんと仕事をしないと景時には会わせてもらえない。だからよろしくと伝えておいてくれ」

「そんなに、その男に会いたいのか？」

「会いたい。だって景時は、私の一番大切な人だ」

景時は霊が見えるせいで化け物のように扱われた千早を受け入れてくれた。黄泉を覗き、時には悪霊さえ呼び込んでしまう千早を、景時だけは「こいつはただの子供だ。子供なら守ってやるべきだ」とかばってくれた。

千早に惹かれて現れた悪霊に襲われても、そのせいで怪我を負っても「千早を守るのは俺の役目だから」と笑うばかりだった。

「恩を返す間もなく彼は去ってしまったから、何としてでももう一度会いたい」

「だが、その景時はお前に会うことを望んでいるのか？」

静かな問いかけに、千早は別れ際の言葉を思い出す。

「……景時の側にいられる強さは、もう持っている」

「だがそれはお前の考えだろう。彼が認めるとは限らぬ」

「認められぬとしても、私は彼の側にいたい」

どうしても側にいたい。そして彼のために生きたい。曲げられぬ思いは千早の生きる意味でもある。

「隣にいてはいけないなら、柱の陰から眺めるくらいの距離にする。顔を見せるなと言うなら、清雅殿のような面をかぶる」

「それはへりくつだろう」

「へりくつでも、側にいたい。……いや、いる」

子供のような駄々だとわかっている。そして清雅も、彼女の言葉を笑った。

けれどその声は、不思議と温かかった。てっきり馬鹿にされると思ったのに、仮面から覗く彼の口元はいつになく優しい。

「……顔を隠してでも、側にいたいという気持ちはわからなくもない」

「まさか、清雅殿にも恋しい相手がいるのか？」

「そういうものではない。文や歌を送ったりもしないしな」

「恋しい相手には、文や和歌を送るのか？」

「……そうか、それさえ知らないのか」

「恋しい相手に送る文とはどんな文だ？　私も景時に送りたい！」

すがりつくと、落ち着けと清雅に身体を離される。

「そういうのは明星様に尋ねるといい。俺はどちらも疎い」

「ならばそうする。まだ会えずとも、文は渡してくれるかもしれない」

今までも左京を通して文だけは何度も送ったことがある。けれど返事はなかったし今回も同じかもしれないという不安はある。

でも都の作法に則り、彼を恋しく思っていると伝えればささやかな返事くらいはもらえるのではと、僅かな期待も抱く。

――しかし、想いが溢れすぎてちゃんとかけるだろうか……。もともと、私は字もあまり上手くないし……。

思慮にふけっていると、ふとあることに千早は気づく。

――まてよ。なんだか、この文字は私のものとよくにている気がする……。

景時への想いに乱れた時の字に似ている気がしてならず、乱れる『小鞠』という文字をじっと見つめた。

最初見た時は、血のように赤い色と『悪霊からの手紙だ』という考えに引きずられて恐ろしい物に見えたが、字の乱れは滾る想いの証なのではという気がしてくる。

「なあ清雅殿、悪霊も恋をすると思うか？」

「恋に破れた恨みで、悪霊におちる者も多いとは聞く」

「恨みではなく前向きな、好きで好きでたまらない気持ちを持った悪霊はいるだろうか」

「前向きな気持ちをもっているなら、そもそも悪霊にはならないだろう」

悪霊とは、人の持つ負の感情や痛みを持ち続ける霊のことだ。歪んだものばかり抱えるが故に、人としての優しさや正しいあり方を忘れ生きているものを傷つけてしまう。

でもこの手紙からは、負の感情や痛みを感じなかった。

「なら、やっぱりこれは悪霊の物ではないと思う」

（そもそも文と矢だけではなくこの場所にも、霊の名残や気配がなにもない）

屋根から見渡す限り、暁紅殿には妖しげな気配が欠片もないのだ。悪霊とまではいかずとも、どんな場所にも霊や物の怪の気配はあるものだがそれさえない。

南隣に立つ登陽殿とよばれる催事用の殿舎の方には微かに霊の気配があるが、そちらとておぞましいものではなかった。

「先ほど清雅殿は本物の悪霊が出るのは希だと言った。ならこれも、きっと別の誰かの仕業に違いないと私は思う」

「俺も同じ考えだ。だがそれがわかったところで、解決にはならん」

悪霊でないのだとしたら、一体誰の仕業なのか。

それを突き止めねば意味はないのだと、清雅の視線が告げている。

悪霊ではないという言葉だけでは納得しない者もいると明星は言っていた。ならば明確な答えと解決法を示すのが、千早に課せられた仕事なのだろう。

「悪霊を斬る方が、よっぽど簡単だなぁ」

思わずこぼせば、清雅が小さく笑った。

翌日、千早は寝坊をした。

昨晩は夜遅くまで文を眺め、悪霊の正体を見極めようとしたが全く上手くいかず、布団に戻ったころには夜中を過ぎた時間だったのだ。

むろん、椿の典侍にたたき起こされたのは言うまでもない。

「一体いつまで寝ているつもりですか！」

とじろりと睨まれたのはまだ早朝のことで、多分寝ていた時間は半刻もない。

「女房というのは、こんなに朝早くから起きるものなのですか？」

「女房でなくても普通は早く起きるものです。特にあなたは身支度に時間がかかるのだから、さっさと起きなさい」

どうやら都人というのは、朝でも夜でもだらしのない姿をさらしてはいけないという決まりがあるらしい。だから早く起き、時間をかけ身なりを整えるのだという。

典侍の読み通り千早は支度に手間取り、化粧を失敗し、酷い有様で外に出て怒られた。すべてを整え直してくれたのは典侍だったが、千早の格好を見るなり浮かべた笑みは氷のようで、思わず震えてしまったほどだ。

その後なんとか支度を調えると、朝からさっそく掃除などの仕事を言いつけられた。

身体を動かすことなら得意だと張り切るものの、なにぶん手が足りないためとにかく骨が折れる。

なにせ暁紅殿には、雑務を行うべき女官が一人もやってこないのだ。

それが気になって側にいた典侍に事情を聞くと、彼女は暁紅殿の特殊な事情を千早に教えてくれた。

「そもそも、ここにいる女房たちは元々女官なのです。そして仕事が出来る女房がいるなら、人手は必要ないと考える不届き者が多いのです」

掃除を行うのは『掃司（かにもりづかさ）』、食事を用意するのは『膳司（かしわでのつかさ）』、明かりを灯（とも）すのは『殿司（とのもりつかさ）』といった具合に、役職を持つ女たちは『女官』と呼ばれ、本来なら彼女たちが宮中での雑務を担っている。

女官たちは仕事の内容から十二の役職に振り分けられ、後宮十二司（こうきゅうじゅうにし）と呼ばれていた。

一方后妃につく女房たちは、そうした雑務にあまり関わらないのが普通なのだそうだ。もちろん仕える主（あるじ）の世話を焼くのが仕事だから、衣食など身の回りの世話も行うには行うのだが、女房の教養が主人の品格に結びつく昨今の内裏では、そうした雑務よりも和歌や楽器などが巧みで教養がある人財の方が重宝される。

特に昨今は若い妃（きさき）が増え、それに伴い女房が主人の教育係を担うことも多く、より教養が重視される。

そんな流れが、いつしか女房というものは己を磨くのが仕事だと解釈されるようになり、彼女たちは日々歌を詠み、琴や琵琶（びわ）を奏で、物語を楽しむことこそを仕事だと思っている。

端から見れば、それは遊びだ。しかしその遊びこそが女房の仕事だという認識が内裏には根付いているため、女官ばかりが忙しくしている。

ただ暁紅殿においては、これが当てはまらない。

暁紅殿の女房はみな元々女官であり、そもそも風早中宮自身が、元々は典侍として働いていた身の上だからである。

女官から后妃になるだけでも異例だったが、帝（みかど）は「せめて更衣か女御に」と言う周りの声を無視して強引に中宮にしたのである。反発は強く、中宮の実家である風早家の立場さえ悪くなるほどだった。故に女房も中々集まらなかった。

そんな時名乗りを上げたのが共に働いていた女官たちらしい。中宮の優しい性格を知っていた女官たちは、彼女のためならばと側仕（そばづか）えとなったのだ。

そのせいか、「暁紅殿にこれ以上女官はもういらぬだろう」などと言われ、日頃から人が回されない。そして悪霊騒ぎのせいで女官の数が減ると、渦中にある暁紅殿に回される女官の数は更に減った。

故に食事の用意から掃除、洗濯なども暁紅殿では女房の仕事なのである。

「だから、あなたにはたくさん働いてもらいます」

典侍の言葉を拒む理由はない。むしろ事情を聞けば、少しでも役に立ちたいと千早は思った。

しかし結果、これが裏目に出た。

やる気をみなぎらせる千早を見て、典侍が次に彼女に与えた仕事は、殿舎の格子を開け風と光を通すというものである。しかし千早は人より少し力が強すぎた。そして暁紅殿の格子は思いのほか繊細だった。

　木枠を割り、留め金を引きちぎり、三つほど壊したところで椿の典侍にまたあの恐ろしい笑みを向けられた。

　その後、力があるならと朝の配膳を手伝えば、転んで朝餉をぶちまける。

　中宮様の髪を整えるからと角盥に水を入れて運べば、これは成功したが一人で軽々と運ぶ姿に戦かれまたしても怒られた。

　水を張った角盥は一人で運ぶ物ではない、肩の上に担ぐなと持ち方を説教されたときは、さすがに釈然としなかった。

　それが顔に出ていたのか「女房とは、どんなときでも慎みを持つものなのです」と更に怒られる始末である。

　何よりも怒られたのは、道行く公達たちの前を堂々と横切ってしまったときである。

　后妃たちのすむ後宮という場所は男子禁制であると思われがちだが、以外にも男も多い。というか、結構な割合でいる。

　内裏に入るには許可がいるものの、官位が高ければ簡単に足を運べるし、気に入った女房に会いに足繁く通ってくる男も多いのだ。

　実際女たちの方も、そうした男たちの訪れを待っているところを見るに、近頃の内裏は、貴族の子息子女たちの出会いの場となっているらしい。

午後にもなると評判の女房のいる殿舎の周りには男たちが詰めかけて、ひと目その顔を見ようと賑(にぎ)やかになるのだと典侍が苦い顔をしていた。

悪霊騒ぎのせいで暁紅殿の周りには人が少ないが、それでも渡殿などですれ違う男たちはお目当ての女房に会いに来ているのだろう。

とはいえ女が顔を見せるのははしたないこととされ、彼女たちの多くは御簾(みす)の向こうに隠れている。隠れてはいるが公達の訪れを待ち、歌や言葉を交わしたいと願っているのだ。内裏の色んな場所から聞こえてくる笛や琴の音色も、素敵な公達を呼び込むためのものだろう。

悪霊騒ぎで騒いでいる一方、内裏というのはなんとものどかだ。だからこそ、陰陽寮(おんみょうりょう)や近衛府(このえふ)も本気で調査をしようとはしないのだろう。

この雰囲気だと、悪霊騒ぎさえ刺激に変えて盛り上がっている男女もいるに違いない。

とはいえそうした出会いにも適度な慎みが必要らしく、特に女は仕事中でも男に顔をさらさぬよう気をつけねばならない。

剣を抜くのは得意な千早だが、扇を抜き顔を隠すのにはまだ慣れない。そもそも仕事をしているところに来られて、わざわざ手を止め扇を取り出すなんて馬鹿げていると思ってしまう。

そのせいで余計にもたもたしていると叱られ、結局千早は人の目につかない場所での水仕事を押しつけられた。

寝坊の罰も兼ねた水仕事は、硯を研ぐことである。

冷たい水で硯を洗い、その後砥石で鋒鋩の目立てをするのだが、一つならともかく暁紅殿にある硯という硯を集められたせいで、罰は丑一刻の鐘が鳴るまで続いた。

無駄に体力があるので身体の疲労感はないが、硯を研ぎながら矢文のことを考えていたので頭の方が疲れてしまった。その上人の気配があるたび扇を取り出さなければならないので、気も遣う。

元々千早は、気を遣うのも悩むのもあまり得意ではない。景時に関することを除けば、何事にも頓着しない性格なのだ。

武芸に関しては悩むより先に身体が馴染み、左京の教えもするりと飲み込んでしまうため頭で考えたことがなかった。

なのに都に来てからは、頭と気を遣うことばかりで知恵熱でも出てしまいそうだ。

――剣が振りたい。それか薙刀を振り回すか、弓を射るのでもいい……。

気が滅入ると、剣に逃げるのは千早のくせである。とにかく身体を動かしたいと思うが、後宮にはそう簡単に武器は持ち込めないのがやっかいだ。

――衛士なら持っているだろうが、こっそり持ち出すのは厳しいよな……。

他に武具が置かれているのは帝や皇子のいる宮だけだし、そちらはもっとあり得ない。

——いっそ、どこかで程よい木の枝でも探すか……。

などと悶々とした気持ちで硯を研いでいると、不意に何かの気配を感じる。

見れば渡殿を挟んだ向こうの殿舎から、小鞠が歩いてくるのが見えた。

どこか浮かない顔で、暗がりに視線を向けては何かを恐れるように足を速めている。

たぶん、いつどこから文を送ってきた悪霊が出てくるかと、怯えているのだろう。

そう思うと彼女にだけはわかっていることを伝えるべきだと思い、千早は声をかけた。

途端に、小鞠は警戒するように身体を硬くした。筋を見せろと言って怯えさせてしまったせいで、千早を恐ろしい小鬼だと思い込んでいるのかもしれない。

「もう失礼なことは申さぬ。だから少し話をしたいのだ……です」

少しでも警戒心を解くため、女房らしい話し方を心がけたのに見事に失敗した。

だがそのもの言いが逆に、小鞠の笑いを誘った。

「硬くならなくてもいいわ。私の前では、好きに喋っていいのよ」

穏やかな声から察するに、千早に対して警戒を解いてくれたらしい。

それから彼女と共に局に戻り、千早は昨晩わかったことを彼女に伝えた。

「つまり、この文は悪霊のものではない……と？」

「正体はまだわからないけど、私も明星殿もそう考えている」

正しくは清雅だが、彼から文のことを語る時は明星の名を出せと言われていた。効果はてきめんで、明星が言うならと小鞠はほっとした顔をする。

「しかし、悪霊でないなら誰が……」

悪霊でないとしても、気味が悪い文が届いている事実は変わらない。うつむきながらため息をこぼす小鞠の姿は、不安げだった。

見ていられず、千早はずいと身を乗り出す。

「それも私が調べる。だからあまり怯えず、待っていて欲しい」

「……信じて、よろしいの？」

「もちろん。歩き方も振る舞いもままならぬ小鬼だが、今度こそ役に立ってみせる」

胸を張ると、そこで小鞠が僅（わず）かに不安な顔をする。

「見返りに、また服を脱げとはいわない？」

やはり、昨日の出来事は小鞠を相当怯えさせていたらしい。

「あ、あれは……本当に悪気はなくて……！」

小鞠の誤解を解こうと、昨日の発言は動きを学びたい気持ちが先走ったものだと力説する。決してやましい気持ちなどなく、辱めるつもりもなかったのだと言えば、最後は鈴を転がすように小鞠が笑った。

「なるほど。千早さんは考え方や物の見方が変わっているのね」

「変わっているつもりはなかったのだが、叱られてばかりいるところをみると、そうなのかも……」

「でも悪いことではないと思うわ。みんなとは見方が違うから、文が悪霊ではないと気づいたのだもの」

穏やかな声にはもう怯えはなく、僅かな信頼も感じ取れる。

ほっとして、それから改めて矢文についての話を小鞠に尋ねることにした。

「この文、一体いつ頃から届くようになったか覚えているか？」

「たしか、秋の初めごろだったかしら。最初は庭の池の側に落ちていたの」

刺さっていたのではなく落ちていたのだと、小鞠は記憶をたぐり寄せながら語ってくれた。

その後矢は日に日に飛距離を伸ばし、小鞠たちの局の側にある木に刺さるようになったらしい。

とはいえ刺さる木はバラバラで、妙に方向がずれているのでどこから射られたかもわからない。その不気味さも相まって、悪霊の仕業だと皆が思うようになったのだろう。

「文の内容は、いつも同じ？」

「変わっているようだけど、文字が乱れていて読めなくて」

唯一わかるのは、小鞠という文字が並んでいることくらいだと重いため息がこぼれる。

「悪霊でないとすると、誰か心当たりはあるだろうか？」

「まったくないわ。私、殿方とはあまり親交もなくて……」

言いながら、恥じらうように小鞠は目を伏せる。

「殿方相手だと緊張してしまって、文のやりとりも上手くできないの。だから、気にかけて下さった公達にもそっぽを向かれるばかりで……」

浮かない表情を見た限り、本当に心当たりがないのだろう。

「素敵な恋をしてみたいとは思うのだけど、私に相手が見つかるかと不安なくらいなの」

「小鞠殿なら大丈夫だ。この私だって運命の相手を見つけられたくらいだし」

あまりに元気がないのでうっかりそんなことを言うと、不意に小鞠が顔を上げた。

「運命の相手って、どんな方？」

伏せていた顔が、今度は星のように輝いている。好奇に満ちた眼差しに、千早は思わずたじろいでしまった。

「文や歌のやりとりをしているの？　もう訪れはあった？」

「い、いいえ、やりとりをしたのは剣や拳だけだ」

景時と向かい合い、全身で木刀を振り合った事を話せば、小鞠の輝きが増す。

「是非お話を聞きたいわ。私ね、自分の恋はままならないけれど、人の恋のお話を聞くのは大好きなの！」

昨日とは変わり、小鞠の方が身を乗り出してくるため千早は少しひるむ。物静かな性格かと思ったが、それだけではないらしい。

そして恋に熱を上げる性質は、小鞠に限ったことではないようだ。

「ねえ、千早さんも素敵な恋をしているんですって！」

廊を通りかかった女房たちを小鞠が捕まえれば、「まあっ」と嬉しそうに女房たちが集まってくる。

これは内裏が出会いの場になるわけだと呆れる気持ちもあったが、素敵な恋だと言われるとなんだか嬉しくて、千早も語らずにいられなくなる。

騒ぎを聞きつけた中宮にまで『仲間に入れて』と言われたときは驚いたが、都の女たちは誰も彼もが恋の話に興味津々らしい。

千早と景時の話も『御伽草子のようだ』と喜ばれ、硯を放り出したことを咎めに椿の典侍がやってくるまで、暁紅殿は久々に明るく賑やかだった。

「それで、一日かけてわかったのはそれだけかい？　私の小鬼は、ずいぶんのんびり屋さんだね」

その日の夜、再び屋根の上で唸(うな)っていた千早の元に現れたのは、清雅だけではなかった。全く闇に紛れる気のない雅(みやび)な格好で、笑っているのは明星である。

声の大きな彼を見かね、千早と清雅が静かにするようにと口をそろえる。途端に、明星は笑みを濃くした。

「いやはや、ずいぶん仲良くなったではないか」

「なってない」

「なってません」

千早の強い言葉に、清雅の低い言葉が重なる。

それに悔しさを感じつつ、千早は憮然(ぶぜん)とした顔を明星に向けた。

「それより、どうしてわざわざ来たんだ？　確かに時間はかかっているが、あなたまで夜に来ることはないだろう」

清雅とは違い、夜に潜む必要などないのだ。それに親王を、屋根の上に上げて良いものかと不安もある。

「だって屋根の上で語らったなんて面白い話を聞いたら、参加したくなるじゃないか」

「面白い話かそれは」

「面白いよ。男女が夜会う時は、一つのしとねに入ってこそこそと話すものだからね。とはいえ人目を忍びたいなら、お前も清雅としとねに入るといい」

「それが普通なのか？　ならば次からは――」

「聞くな。今の話は絶対に聞くな」

清雅が、いつになく強い声をかぶせてくる。

二度も繰り返すということは、たぶん今のは明星の悪い冗談か何かなのだろう。

からかわれたと分かってむくれていると、明星が幼子でも撫(な)でるように千早の頭をぽんぽんと優しく叩(たた)いた。

「むくれるな。からかってしまうのは、私の小鬼が愛らしいからだよ」

「愛らしいと思っているなら、普通はからかうのではなく愛(め)でるものだろう」

「ほう、ならばこの私に愛されたいと？」

そう言って顔をぐっと近づけてくる明星の顔は、月の光を浴びいつになく美しい。

だがそれを間近で見ても、千早は心底うんざりするだけだった。

「私が愛して欲しいのは景時ただ一人だ。それに明星殿の愛し方は、なんだか間違っている気がする」

「おや、小鬼に愛し方がわかるのかい？」

「わかるよ。相手を何よりも大事に想(おも)い、守りあうのが愛だ。幼い頃、景時に教わった」

そして景時は、千早を大事にしてくれた。いつも彼女を優先し、悪霊からも村のいじめっ子からも守ってくれた。

だから千早も景時を守りたかった。その機会がずっと失われていたからこそ、今度あった時は武士として、叶うならば誰よりも側で彼を大事にしたいと思っている。

「この都で一番愛を知る私に説法をとくとは、生意気な小鬼だね」

「一番ではないだろう。女房たちが、明星殿は女を泣かすばかりだと言っていた」

昼間恋の話になった時、明星の恋についても話題にのぼったが、どれもこれもが酷いものだった。

明星は女の心を手に入れたら満足してしまう美しき鬼だとか、想いを囁いたら瞬く間に去ってしまう風のような人だと言われていた。

それでも都の女は想いを寄せるが、明星は誰にも本音を見せず、心を渡さず、故に破れた恋に泣く女が後を絶たぬらしい。

「恋を知らぬのに世の女性の心をかき集めるなんて、明星殿は酷い人だ」

「集めているのではなく、勝手に集まってしまうのだよ」

「わかっていながら、そのままにしているのもたちが悪い……」

本当に、どうしてこんな男が皆好きなのかと首をかしげていると、明星がもう一度距離を詰めてくる。

「なら、私に恋をしてみては？」

「だから無理だと言っている」

「無理と言われると、落としてみたくなるのが男の性なんだよ」

「落ちない。私は景時一筋だからな」

「でも顔も見えない男より、側にいる美男子の方がよくはないか？」

「全く、絶対、よくない」

しっしと追い払うように手を振るが、明星はなぜだか嬉しそうだった。

やはりこの男は妙なところがあると呆れながら、千早は明星を無視して文を持ち上げ、本来悩むべき問と向き合う。

すると、明星も勝手に側で手紙を覗き込んでくる。

清雅から報告を受けているはずなのに、「不気味な手紙だねぇ」などとのんきなことばかり言っている。

「不気味な手紙ではなく。これは立派な恋文だ」

「どう見ても、恨みのこもった呪いの文のようだが」

「恋しい気持ちが溢れすぎて字が乱れているだけなんだ」

「でも矢文だろう？　普通こういうものは木の枝に結んで送る物だろう」

「そうなのか？」

「ああ。折枝というものがある。そのときの季節や、送る相手に由来のある木の枝を折り、文をつけて送ると相手に大層喜ばれるのだ」

言うなり小鬼にはどの木が良いかななどと笑っている明星を無視し、千早は黒い矢に目を向けた。

――ならこれにも意味はあるのだろうか。

思えば千早は、文とばかりにらみ合って矢と向き合ってこなかった。

文を届ける手段としか、思っていなかったのだ。

――でもこの黒い色、それに鏃(やじり)の傷付き方をみれば何かわかるかも。

美しい濡羽色の風切り羽に目をこらせば、その仕立ての良さには目を見張るものがある。

「なあ清雅殿、都の武士は烏(からす)の羽がついた矢を使うのか？」

武具のことなら清雅にと思って尋ねたのだが、どういうわけだか明星が拗(す)ねたような顔をする。頼って欲しかったようだが、相手にするのも面倒なので千早は見ない振りをした。

「日常的には使わない。しかし……」

「催事では使うな。烏は我が国では吉兆だ」

清雅の言葉を遮り、更に身を乗り出してくる明星を「近い近い」と押しのける。そのまま無視してしまいたい気持ちもあるが、どうやらこの矢は明星のほうが詳しそうだ。

「烏は夜を――神の時を呼び寄せる鳥だ。その尾羽には破魔の力があるとされ、貴族や皇族たちは、子供が生まれると弓と共に家に飾るのだ」

「明星殿の家にもあるのか？」

「私は、あまり大事にされなかったからなかったな。しかし子供——元服前の男子の所にはよくある」

烏は男の象徴でもあるのだという明星に頷きつつ、大事にされなかったという言葉がにわかに引っかかる。

だが子細を尋ねる前に、明星が矢をひょいと取り上げた。

「そしてこれほど質の良い矢であれば、送られたのはきっと尊いお方なのだろうな」

「尊い……まさか帝か？」

「兄は女房に横恋慕をするような男ではないよ。熱しやすく冷めやすいが、誰かに心奪われている間は周りが見えない」

そして今は、中宮一筋なのだろう。

しかし悪霊の噂がある限り、中宮とあまり会うなと周りに言われているらしく、早く悪霊騒ぎを収めろと明星はせっつかれているらしい。

「そ、それはのんびりしている場合ではないな……」

「だろう？　だから私がせかしに来たのだよ」

てっきりからかいに来たのだと思っていた千早は、慌てて背筋を伸ばす。

——そうだ、のんびりなどしてはいられない。少しでも早く悪霊の正体を暴き、私は景時に会うのだ。

そして千早は改めて矢と文を見た。

これが恋文であるなら、それも情熱の込められたものなら、近くまた届くに違いない。

それを待てば捕まえることは出来そうだが、問題はいつどこから、どんな姿で現れるかということである。

小鞠に覚えがない上、内裏にやってくる男たちすべてを監視するのは難しいし、射られた瞬間を押さえねば、しらを切られる可能性もある。

かといって延々と待ち伏せするには、暁紅殿の庭は広すぎる。

――とにかく相手の素性を知らねばならないが、私に見つけられるだろうか。

身体（からだ）を動かすことは得意だが、悩むことは不得意な千早は不安を覚える。

そんな時、ふと清雅が千早の手から矢と文を奪った。

二つをじっと見据えた上、彼は矢の方を突然突き返してくる。

「文の方は俺の方でもう少し調べてみる。だからお前は、こちらを調べてみろ」

「え、手伝ってくれるのか？」

「お前に文に関する知識がないのはわかっているからな。それにいきなりすべて押しつけるつもりはない。元々これは、俺の仕事でもある」

そんな言葉を聞いていると、なんとなくだがすでに清雅の方は悪霊の正体を見定めているのではという気がした。

妙に余裕があるし、帝に急かされているというのに焦る素振りもない。

——もしや、私は試されているのだろうか。

あえて答えを示さないのは、明星の役に立つか否かを見定めようとしているのではと、不意に思う。

「お前は武士なのだろう。ならば武士の物の見方で、調べてみれば良い」

「いわれなくても、そうするつもりだ」

女のたしなみも、教養も、恋文についてもわからぬ千早だけれど、長く武芸を学んできた彼女にしかわからぬ事はきっとある。

——そうだ、私にもわかることを駆使すれば良い。

そう思った途端、千早は自分がすべきことに気がついた。

「そうだ筋を見よう!! 筋を見て、悪霊を見つければ良いのだ!」

自分が得意なのはそれだと拳を握った瞬間、明星が首をかしげる。

「……筋、とは?」

明星に奇妙がられ、千早はこの話は人にしてはいけなかったのだと思い出す。

「ともかく、私に任せてくれ。悪霊の正体は、私の目で見つけよう」

意気揚々と矢を掲げる千早に明星は感心した顔をしたが、清雅だけはどこか不安そうにため息をこぼす。

それに気づいた千早は、不満げに頰を膨らませた。

「私の目はちゃんと役にたつぞ」

「わかっている。……だがおかしな事をしそうな気配がする」

「安心しろ、ただ人の着替えや湯殿を覗くだけだ」

「お前は安心という言葉の意味がわかっているのか……？　頼むからおかしな事はするな」

「おかしいどころか大事なことだ。身体を見れば、悪霊の正体はすぐにもわかる」

だから協力しろと笑う千早に、清雅の顔に不安が満ちた。

そして明星も馬鹿にするように笑っているが、千早だけは、絶対に悪霊を見つけられるという確信を持っていたのだった。

その日、都は深い霧の中にあった。
日もまだ昇らず、静かな闇が朝霧と溶け合っている。
そんな中、暁紅殿の西方にある渡殿を静かに歩く影があった。
月が雲に隠れたのを見計らい、影は手にしていた弓をそっと構える。

手が震えているのか、矢をつがえる動きは緩慢で何度も矢を取り落としそうになる。

そのたび焦るように吐きだされる息が、白くのぼった。

神の加護により花が絶えぬ都であるが、朝のこの時間だけは本来の四季どおり、酷く冷え込むのだ。

寒さに耐えるように身震いした影が、今度こそと矢をつがえ弓を引き絞る。

誰もいないことを確認した後、影はついに庭の木に向けて矢を放った。

しかしそこで、妙なことが起こる。

普段なら、微かながらも木に突き刺さるタンッという音がする。

だがそれが今日はなぜか聞こえず、代わりに小さな影が矢に飛びついたのだ。

「……まさか、あれは猫か？」

霧のせいでよく見えなかったが、素早く動いた影は獣のように見えた。

もし罪もない猫を射てしまったのならどうしようと、怯える声が渡廊に響く。

そしてその直後、木の陰から何かが急に飛び出した。

「探し物はこれですか？」

瞬く間に距離を詰め、影の前に躍り出たのは猫ではなかった。

今日この瞬間を待ち望み、身を潜めていた千早である。

更に、渡廊の左右から明星と清雅が退路を塞ぐように歩いてくる。

「そう怯えないで下さい。私の小鬼は取って食ったりはしませんよ」

影に向かい、優しく笑ったのは明星だった。

彼の声に、場の緊張が僅かに和らぐ。

その空気を壊さぬようにと清雅が僅かに気配を消したところで、千早が矢を手に階をのぼった。

並び立てば、影は千早よりも更に小柄だった。

そこで風が霧を流し、影の下から幼い顔を浮かび上がらせる。

「……私は、悪いことはしていない」

か細い声で主張した声は若い。幼い、と言っても良いくらいかもしれない。

「わかっています。あなたは、恋文を送りたかっただけなんですよね」

千早が応え、そっと矢を差し出す。

それを受け取った顔が、雲間から差し込んだ月明かりに照らされた。

不服そうな顔は男童のものだった。黒い髪をみずらにしているところを見ると、まだ元服前なのだろう。しかし大人びた顔立ちでその目は明星によく似たものだった。

『十六夜』はませていますね。いやはや、誰に似たのか」

などと笑ったのは明星である。

すると童子が、不服そうに顔をぷいと逸らした。

「叔父上あなたです。あなたの恋の話から色々と学び、小鞠を射止めるためがんばっているのですから」

声は幼いが、ハキハキと喋る様子からは聡明さが見て取れる。

それもそのはず、十六夜と呼ばれた童子は帝と『梅宮の女御』の間に出来た三の皇子なのである。

そんな身の上の者を渡殿にとどめておくことは出来ず、千早たちは彼を連れ黎明殿と呼ばれる殿舎へと移動した。

近頃は催事などでしか使わないため、この時間ならば人目を気にせずにいられる場所である。

このときのためにと整えておいた間に入ると、十六夜は落ち着きのない様子で千早たちの顔を見回す。

特に清雅の顔を何度も見ているところを見ると、彼の装いが恐ろしいらしい。

それを察し「人が来ないか見張っておきます」と言って彼が外に出た。その途端十六夜の顔が明らかにほっとする。

今なら話が聞けそうだと思い、千早は小鞠から預かっていた矢文を彼の前に並べた。

「すべて、あなたが送ったものですね」

「それは……」

「今更しらを切ってもしかたがありませんよ。先ほど矢を射るところを見ましたし、何よりその筋が物語っています」

「……筋？」

十六夜が首をかしげると、明星がそこで小さく笑う。

「私の小鬼は目が良くてね。矢の軌道とお前の体つきを照らしあわせ、十六夜が犯人だと言い当てたのだよ」

明星の言葉に、千早は誇らしげな気持ちで胸を張る。

昔から、千早は人の筋を見れば相手の動きや力量を測ることが出来る。そしてそれが今回も役に立つに違いないと考えたのだ。

まずは矢が見つかった場所を小鞠に詳しく思い出してもらい、その後明星にその日の天候を調べてもらったのだ。桜花京の陰陽師（おんみょうじ）は星だけでなく風を読むため、矢が届いた日の記録をつけている者も多い。

いかさま陰陽師である明星の記録がどれほど参考になるかと少し不安だったが、そうした記録は清雅がつけているらしく、おかげで難なくその日の風を知ることが出来た。

風の方向と速度から軌道を読めば、射られた場所が先ほど十六夜がいた西の渡廊であると察しがついた。そして同時に、驚くほど飛距離が出ていないこともわかったのだ。

だとすれば矢の扱いに慣れぬ者か、遠くに飛ばせぬ者。どちらにせよ小柄な男であることは間違いないと千早は読んだ。

最初は文官かと思ったが、内裏に矢を持って立ち入るには無理がある。そんなとき明星の烏（からす）の羽の話を思い出し小柄な男ではなく子供だと気がついたのである。

矢の形状からして高貴な身の上だとすれば、幼い皇子の誰かに違いない。

また矢の飛距離が日に日に伸びていることからして、最近体つきが大きくなっている子だ。

それを見つけるためにと湯殿に忍び込み、彼らの筋を眺めた結果、合致したのが十六夜だったのである。

そして清雅に彼を見張らせ、矢を射る瞬間を押さえることができたのだ。

「小鬼というのは、以外と利口なのだな」

十六夜がぽつりとこぼすと、明星は笑みを深めた。

千早は小鬼と呼ばれることに少々むっとしつつも、なんとかぐっとこらえる。

「それより、なぜこのようなことをしたのですか？　恋文なら、もう少し別の送り方があったでしょう」

千早の問いかけに、十六夜はみるみる浮かない顔になる。

苛立（いらだ）ちが言葉に滲（にじ）んでしまったのかと僅かに焦っていると、「母上が……」とか細い声がこぼれる。

「暁紅殿の者には関わるなといわれて、誰かに届けて欲しいとも頼めなかったのだ」

なぜそんな酷いことを言うのかと千早は疑問に思ったが、明星はその一言ですべての合点がいったらしい。

「君の母君は風早を何かと敵視しているからね。……まあ、無理もないことだが」

そうごぼしてから、明星は千早にもわかるようにと二人の関係を説明してくれる。

十六夜の母『梅宮の女御』は、左大臣である梅宮家の長女であり、二人の姫と十六夜を生んでいる。すでに二人の皇子がいる内裏において十六夜は最も帝に遠い存在だが、それでも内裏では一目を置かれる女御だ。

以前は帝の寵愛を受け、それによって内裏での地位も高かった。風早中宮がいなければ、彼女が中宮の座につくという話もあったらしい。

だが帝の心はいつしか風早に移ろい、近頃は全く相手にされていないという。飽きやすく惚れっぽい帝の心を知り尽くしていても、風早への熱の入れようはそれまでの比ではなく気が気ではないのだろう。

その上中宮の実家である風早家と梅宮家はもともと関係が良くない。風早家は、梅宮家と犬猿の仲である右大臣『東風行信』のかつての側近であり、代々武官を輩出する家だ。

中宮の兄弟も皆、近衛府で重役に就いているという。

昨今の帝は武官を重用する傾向もあり、貴族こそが優位であると考える梅宮家としてはその流れがあまり好ましくない。そんな中、寵愛を一身に受けている中宮は梅宮の家にとって面白くない存在だ。

「風早は内裏の女御たちからは嫌われているからね。あまり関わるなと、十六夜に吹き込む者がいてもおかしくはない」

むしろそれが自然だと告げる明星に、十六夜が泣きそうな顔で置かれていた矢を取った。

「そのとおりだ。誰も私の恋を応援してはくれなかった」

それから彼は、本当は折枝を送りたかったのだとぽつりとこぼす。

「しかし枝を欲しがれば相手は誰だと騒がれて、皆が行動を監視するので墨もすれず、以前菖蒲院の宮に忍び込んだ時に集めた木の実でこっそり文を書いたのだ」

菖蒲院は内裏でも変わり者として有名な女性だと、千早は聞いていた。天上帝の祖母に当たる人物だが、政には全く関わらず草花を愛することに全力を注いでいるのだという。

暁紅殿よりもっと奥まった場所に立つ宮は恐ろしい数の植物に埋め尽くされており、幼い親王たちは度胸試しにそこに忍び込むのだと、補足したのは明星だ。

「その言い方だと、明星殿も度胸試しをしたのか？」

「したが、菖蒲院は本当に恐ろしくてね。庭から木の実を拾ってきたり野いちごなんかを摘んできたりするのが若い皇子たちの度胸試しなのだが、見つかったら最後鬼のような顔の菖蒲院に追いかけられる」

明星は結局逃げ帰ってきただけで終わったようだが、十六夜は多くの木の実を持ち帰ってきたのだろう。

　それを用いたのなら、字が血のように赤く不格好になるのも仕方がないことだ。思いの丈がこもっているのはもちろん、筆でないが故に字が乱れていたのだろう。

「そうしてしたためた文を、枝の代わりに矢に結びつけて小鞠殿に送ったのですね」

「うん。菖蒲院のところから枝も持ってくれれば良かったんだけど出来なかったし、もう一度赴く度胸はなかったんだ……」

　だからしかたなく、同じ木で出来た矢を使うことにしたのだと十六夜は言う。

「しかし、矢は弓をつかわないとあまり飛ばないのだな……。最初は投げ込んでいたがすぐ池に落ちてしまってがっかりした」

　だから飾りの弓を持ち出し射るようになったのだと十六夜は打ち明けた。

　とはいえ大人用の弓矢は十六夜の身体(からだ)には大きすぎたらしく、故に中々飛距離も伸びず、毎回おかしな場所に刺さっていたようだ。

　身の丈に合わない弓を使っていることは千早も気づいていたが、その理由を知ると十六夜がなんだか哀れに思えてくる。

「矢を使ったせいで、悪霊の騒ぎに思われていたのは薄々察していた。……でも、小鞠なら私だとわかってくれるかと」

「そもそも、小鞠殿とはどこで会ったのですか？　彼女は矢の相手に心当たりはないと言っていましたが……」

千早が尋ねると、十六夜はうっとりとした相貌を呈す。

「先ほど話した菖蒲院の庭に忍び込んだ時、一度見つかりかけたことがあるのだ。そのとき、私をかばってくれたのが小鞠だった」

菖蒲院に追われる中、十六夜は偶然小鞠に出会い、彼女から側の茂みに隠れるようにと言われたのだという。そして十六夜の行方を尋ねる菖蒲院に「あちらへ走っていきました」と誤魔化してくれたのだそうだ。

「文に使った実もそのときのものだ。すこしでも、彼女との思い出を込めたくて……」

まだ幼く見えるのに、十六夜の顔も言葉もすっかり恋する男のものだった。

道のりが険しい恋をしているのは千早も同じであるせいか、この幼い皇子に情がわいてしまう。

しかし明星の方は、どこか白けたような顔で笑った。

「君のことなど小鞠は覚えてもいないよ。それに幼い恋など今ひとときのものだ」

明星の言葉は、あまりに無情だった。

叔父からの冷たい言葉に、十六夜は泣きそうな顔になる。

「のぼせ上がっているのも、母に咎められるかもしれないという危うさあってのものだろう。そんな恋など、今すぐ忘れて――」

「忘れなくていい！」

明星の言葉を遮って、千早が十六夜の肩を両手でぐっとつかんだ。

その声に何事かと部屋を覗き込んだ清雅を含め、三人は千早を唖然とした目で見ている。

「どんな恋でも、簡単に忘れて良いものなどない。忘れたいと己が思わない限り、どんな恋でも立派な恋だ」

それから千早は少し待てと言うと、持ち運び用の小さな書き物道具を出す。

詳しい事情を知らずとも、普通の文を出せぬ事情があるに違いないと、千早は察していた。だからもし相手が小鞠のことを想う正しい人であったなら、その想いを繋いでやろうと思い道具を持ってきていたのだ。

「だから今度こそ、恋文を書くと良い。折枝にしたいのなら私が枝を探す」

そう言って道具を押しつけると、十六夜は戸惑った顔でそれを受け取った。

「小鬼はどうしてそこまで……」

「私も同じなのだ。長く、届く気配もない恋を……、人から何度も諦めろと言われる恋をしている」

「その恋を、小鬼は諦めないのか？」

「だって諦めなければ届くかもしれない。いや、届けると決めれば叶うはずなのだ」

だからお前も頑張れと笑えば、十六夜の顔がぱっと華やぎいそいそと道具を開く。

その様子を見て、明星はあきれ果てた顔をする。

「そんな安易にあおって、恋が破れて辛い目に遭うのは十六夜なのだよ？」

「どうせ破れるなら、やるだけやったほうがいい。それに破れたら、明星殿が励ましてやればよいではないか」

「おい、なぜ私なのだ」

「たくさんの女と恋をしているということは、その数の分だけ恋に破れたということだろう？　ならば十六夜殿の気持ちにより添えるかと」

「私は恋になど破れない。むしろ、私が恋を破る方だ」

「今のは嘘だな」

「どうしてわかる」

「顔の筋が告げていた」

腕の筋を見れば相手の動きがわかるように、顔の筋を見れば気持ちがわかる。

表情を読み嘘を暴くのも、千早は得意なのだ。

「人は嘘をつくと顔が強ばり斜め右上を向きがちなんだ」

「右上など向いていない」

「向いていたよ。だからあなたは嘘つきだ。それに冷たくしたのもわざとだろう」

千早の言葉に明星は驚いた顔で固まり、十六夜は「よくわかったな！」と興味津々だ。

「私の師はすぐ人に騙(だま)される人でね。そのせいで詐欺師の顔をよく見るようになり、彼らの仕草や表情に特徴があることを知ったんだ」

「つまり私は、詐欺師と同じ扱いをされているということかい」

明星は不服そうだが、実際その通りだったので頷(うなず)いた。

「でもお前はいい詐欺師だろう。恋に破れるつらさを知っているからこそ、十六夜に諦めろと言ったように見えた。だからあなたが十六夜殿の味方になるべきだ」

千早の言葉に戸惑ったのか、明星からは普段の余裕が崩れた。

そこで初めて、明星という男の素顔を見たように思う。

「十六夜の周りには味方がいない。ならば叔父(おじ)である明星殿が面倒を見るのが道理だ」

「お前の道理を私に押しつけるでない」

そこでまたいつもの顔に戻ったが、十六夜をチラリと見た眼差(まなざ)しは先ほどの冷めたものとは少し違った。

十六夜の面倒を見る心づもりになったように思えて、千早はふっと笑う。

「良かったな十六夜殿。明星殿は恋に詳しいから、きっと色々教えてくれる」

「おい、私は慰める役なのでは？」

「女に詳しいのだから、その力は生かすべきだろう」

千早が言えば、十六夜が輝く目を明星に向ける。純粋無垢な眼差しに負けたのか、明星はついに「わかったわかった」と音を上げた。

しかし彼は、そこで容易くすべてを受け入れるような男ではないらしい。

「ただし、対価は払ってもらうよ」

なぜだか千早の方を向いて、彼はにっこりと笑った。

いつもの勢いを取り戻した彼に不安を抱きつつ、十六夜の恋のためだと千早は頷く。

その決断を後悔することになるとは、このときの千早は思いもしなかった。

翌朝、千早は中宮と椿の典侍、そして小鞠を呼び出し十六夜の文を差し出した。

事の顛末を話すと、小鞠はようやく以前彼をかばった時のことを思い出したらしい。

「あのお可愛らしい童は、十六夜の君でしたのね」

「はい。もうすっかり、小鞠殿にのぼせ上がっていましたよ」

千早の言葉に、小鞠はもちろん中宮もにこやかに笑う。

「なんとも可愛らしい悪霊ね。しかし、私のせいで彼には苦労をかけてしまったわ」

「ですが、障害のある恋の方が燃えると明星殿も言っていました。そして小鞠殿が望むなら、今後は彼が矢の代わりをすると」

「そう。面倒見が良いのは、相変わらずね」

そこで中宮は何かを懐かしむように優しく笑う。

けれど椿の典侍は怖い顔になった。

「その面倒見の良さが、災いを招くこともあります」

「災いなんて大げさだわ。私は小さな恋を応援したいだけよ」

「小さくても、恋は人を狂わせるものでしょう」

いつになく強い言葉に、千早たちは息を呑む。その反応で我に返ったのか、典侍はふいと顔を背ける。

「特に梅宮の家の者は、中宮様を目の敵にしているのですよ？　もし、十六夜様の恋心が知られたらどんなことになるか」

「典侍は心配しすぎよ。明星様が間に入って下さるなら大丈夫でしょうし、小鞠の思うようになさい」

中宮が告げれば、椿の典侍はしぶしぶといった顔で引き下がる。

その様子を見て、中宮が小鞠に文を読むよう目配せする。

典侍がそれ以上文句を言わないのを確認してから、千早の横で小鞠がそっと文を開いた。

そこに書かれている内容を、千早はよく理解していない。

十六夜に「これでいいか」と見せられはしたが、彼がしたためた恋の和歌は千早には難解すぎた。

でも、とても一生懸命に恋をしているのはわかった。

そしてそれは小鞠にも伝わったらしい。文を胸の前に抱き、小鞠はこれまでで一番美しく微笑(ほほえ)んだ。

「とても素敵な歌でございました。これに返事をせぬなど、小鞠には出来ませぬ」

ならば好きになさいと、中宮は笑う。

「恋は時に災いも呼ぶけれど、幸せな恋もあるわ。それに幸せな恋は儚(はかな)くもろいもの、いつ終わるともしれぬものだからこそ、大事にしてあげなさい」

中宮が言えば、典侍はもう何も言わなかった。

終わりを見据えた恋というのは少し寂しいが、きっとこの内裏という場所では叶う恋の方が少ないのだろう。

ただそれでも、十六夜の恋が叶えば良い。

そう思わずにはいられない千早だった。

その後、十六夜の恋については巧みに伏せられ、明星と千早が悪霊を退治したということでひとまずの決着がついた。

偽の祈禱を行い、十六夜も明星を介して文を送るようになったため、人々は万事解決したと思ったようだ。

けれど一方で、よりやっかいな問題を抱え込むことになった者もいた。

「さあ小鬼、そろそろ観念できたかい？」

「できるわけがないだろう！　なぜ、毎晩あなたがここにくるんだ！」

「言っただろう、対価は払ってもらうと」

千早の側に座し、彼女の髪をすくい上げながらクスクス笑っているのは明星である。

悪霊騒動が解決し、てっきりお役御免かと思ったのに千早はまだ中宮のもとで女房を続けさせられている。その上毎晩のように、明星が千早に会いに来るのだ。

彼の式神という事にはなっているが、内裏にわざわざ足繁く通ってくるなんて正気の沙汰ではない。

さすがに誰かに知られるとまずいと思い、会うには十六夜との時に使った黎明殿にしているが、これではまるで逢い引きのようだ。

というか実際逢い引きだと、周りには思われている。最初の夜、明星がわざわざ千早の局に忍び込んだせいで小鞠に彼が来ているとばれてしまったのだ。

でもそれを明星は気にしていない。それどころか、女房たちに噂されることを喜んでいる節がある。

「さあ小鬼。そろそろ観念したかい？」

そして今夜も、彼は嬉々とした顔で千早に迫ってくる。

「対価として、お前の心をもらうと言ったはずだ。そろそろ渡してくれないと、今度は私が悪霊になってしまいそうだ」

「心などあげられるものではないだろう。それになぜ、私が欲しいなどというんだ！」

「正直自分でも不思議なのだ。お前はまったく、これっぽっちも可愛い女ではないのに、なぜか欲しいと思ってしまう」

「どこかで頭でも打ったのではないか？」

「いや、私はいつになく健やかだよ。だから今だってお前を……」

言いながら、細い指が千早の頬を撫でる。ぞわりと肌が粟立ち、千早はひぃぃぃと悲鳴を上げて殿舎の奥へと逃げ込んだ。

そしてそこで息を潜めている、清雅にがしっと抱きつく。

「おい、こっちにくるな……！」

「壁に！　壁になってくれ！　明星殿が来る！」

「……くそっ、完全に気配を殺していたはずなのに、どうして見つかった」

などと慌てる清雅に、不満そうな眼差しを向けたのは明星だった。

「よりによって、その男に縋るのは面白くない。この私が、本気で口説いているのに」

「嘘をつくな。絶対に、からかっているだけだろう」

「お前を欲しいと思う気持ちはちゃんとあるよ」

「私は景時の物なのだ！　なんと言われようと、口説かれない！」

「そういう女の方が、燃えるのだよ」

全く引く気のない明星に、千早は清雅の背に隠れ震える。

それを哀れに思ったのか、壁にさせられた男が大きなため息をこぼす。

「お戯れもほどほどに。この有様では、逃げられてしまいますよ？」

「逃げないさ。私がいなければ、愛おしい男に会えないのだからね」

得意げな声に、千早が清雅に隠れながら唸る。

「そもそも、悪霊を倒したのだから約束を叶えてくれてもいいだろう！」

「私は役に立ったらといったのだ」

「でも文の件は解決したぞ」

「あんなの『気のせい』の一つだろう。それにお前をここに送り込んだのは、もっと大きな問題を解決させるためだ」

「でも、この場所に悪霊なんて……」

「いるよ。私の勘が、そういっているんだ」

そんな曖昧なもので振り回すなと言ってやりたい半面、千早は明星の勘を気のせいと片付けることが出来ない。

文の件は片付き暁紅殿は平和になったが、どうにも千早は違和感を覚えてならないのだ。暁紅殿だけでなく、この内裏のどこかに何かが潜むような気配がある。けれどそれが全く見えないことが、千早は気になっていた。

だからこそ仕事を続けろという言い分はわかる。わかるけれど、なぜ口説かれなければならないのかと解せない。

「悪霊が見つかるまで、試しに私と恋をしてみよ」

「私は景時以外の男などいらない！　試しの恋などいらない！」

ついに我慢できなくなったのか、千早はその場から逃げ出した。

それを楽しげな顔で見つめていた明星が「本気で欲しいな」とつぶやいているなどとはつゆ知らずに。

【幕間】

このところ、清雅の主は上機嫌である。

内裏からの帰り、朱雀門から大通りを通り、家へと向かう頃にはもうすっかり夜も更けていた。なのに未だ潑剌としている明星に不安げな眼差しを向ける。

「なんだ、私に何か不満があるのか」

「不満ではなく不安です。毎晩のように内裏に入り込んで、さすがに帝に見とがめられますよ」

「あれに許可は取ってある。むしろ中宮を守れと言い出したのはあいつのほうだ」

「だとしても、毎晩のようにというのは……」

「可愛い女の顔は毎日みたいものだろう？」

「そもそも女子の姿は垣間見るものでしょう。あんなに堂々と会いに行き、迫るというのはあなたの好む恋の作法から逸脱するのでは？」

「確かに少しずつ距離を狭めるのが作法だが、小鬼相手に普通のやり方は通じぬだろう」

だとしても、あんなに迫るのはどうなのかと清雅は唸る。

そして小言を言ってやりたくなるが、そこで不意に強い視線をどこからか感じた。

明星の前に立ち、刀に手をかけると油断なく周囲を探る。清雅の気配が鋭くなったことに気づいたのか、明星もおしゃべりをやめた。

——これはなんだ。人……ではない気がするが……。

だが悪霊とも違う不気味な何かが、明星を見つめている。

「明星様、人ではない何かの恨みを買った記憶はありますか？」

「さすがの私も悪霊は口説かぬ」

ひょうひょうとした口ぶりからして、心当たりはないのだろう。

そんな会話をしていると、気配はすぅっと消えた。

何もせず消えたということは、通りすがりの霊に目を向けられたのかもしれない。

そんな思いを抱く一方、似たような気配を内裏で感じた記憶がある。

一体いつだったかと頭を悩ませていると、不意に胸の奥がズキリと痛んだ。

同時に呼吸が乱れ、清雅は胸をきつく押さえながら側の壁に身体（からだ）を寄せる。

「……清雅！」

途端に、悪霊には取り乱さなかった明星の顔に焦りが浮かんだ。

「また、体の不調か？」

尋ねられ、清雅は頷（うなず）く。その頃には胸の痛みは治まったが、乱れた息はまだ整わない。

そんな彼を支える明星は取り乱し、身体さえ震わせている。

だからこそ必死に息を整え、清雅は笑った。

「大事ありません。だから、そんな顔をなされるな」

親に捨てられた幼子のような顔をしている明星を見て、清雅はこの男と出会った頃のことを思う。

今でこそ都随一の陰陽師と言われ慕われているが、出会った頃の幼い彼は誰一人味方を持たぬ孤独な子供だった。

清雅を兄のように慕い、自分に仕えて欲しいと訴えてきた時の顔は先ほど千早に向けていたものとどこか似ていた気がする。

――この男は、相も変わらず寂しがり屋なのだろうな。

だからこそ、千早の賑やかでまっすぐなところに惹かれているのかもしれない。

――そして私がいつまでも側にいられないと、きっとわかっている。だからこそ、怪異を見る力を含め、あの子を欲しているのだろう。

主の心の内を読みながら、清雅は千早のことを思う。

危ういほどまっすぐな心を持つ彼女であれば、主を守り大事にしてくれるかもしれない。

ならばあの子に明星を任せるべきなのかと思う一方、決めるのは早いと迷う自分もいる。

――彼女の力をまずは確かめよう。いずれきっと、気のせいでは片付けられぬ事が起きる。

そこで初めて、今の彼女の真価がわかる。
そしてもし彼女が明星に似合う相手であるのならば、自分の役目は終わる。
——今度こそ、何もかも終わるのだろうな。
最後に彼女に会えたことは幸運なのかもしれない。
そんなことを思いながら、明星の不安を退けるために清雅は穏やかに笑った。

第二章　小鬼、消えた女房と宵壺の謎を追う

師との厳しい修行の中、幾度となく死を覚悟したことのある千早（ちはや）だったが、まさか内裏で同じ心持ちになるとは思いもしなかった。

「千早、出ていらっしゃい？　私は怒りませんから」

千早が身を潜めている木の下をゆったりと歩いているのは椿（つばき）の典侍（ないしのすけ）である。

穏やかでたおやかで、言葉通り表面上は全く怒っていないように見える。

――しかし殺気が、すごい……。

多分本人は無自覚なのだろうが、椿の典侍は腹を立てるとものすごく恐ろしい殺気があふれでるのである。

そして見つかったら最後、あの穏やかな顔のまま、静かにじっとりと叱られるのだ。

旅の途中、夜盗や賊と命がけで刀を交えることも何度かあったが、そのときよりもずっと典侍に叱られている時の方が命が削られる。

――そして今日の怒り方は尋常ではない、見つかったら私はきっと死んでしまう。

千早は本気でそう思いながら、息を潜める。

しかしそのとき、千早の懐がもぞもぞと動いた。

慌てて胸を押さえるが、その手の間から小さな猫が顔を出す。

猫は、猫だけあってにゃぁと鳴いた。あまりに、可愛らしい声で三度も鳴いた。

「あら、そんなところにいたのね」

そしてその声につられるように、典侍の顔が千早の方へと向けられる。

あまりの恐怖に、千早は身体が強ばりそのまま木からずしゃっとおちた。

身軽なので猫を傷つけないよう受け身は取れたが、途中木の枝に袿が引っかかった気配がしたから、きっと何枚か裂けてしまっているだろう。

これはきっと、内裏に来て以来最大の雷が落ちるに違いない。そんな予感と死の恐怖を抱える千早の胸で猫がもう一度にゃぁと鳴いた。


「……それで、今日は夕餉を抜きにされてしまったの？」

「私は無駄に体力があるから、下手な仕事を任せるより食事を抜くのが一番の罰だと典侍は気づいたみたい」

大きなため息をつく千早の背を労り撫でたのは、矢文の一件で仲が深まった小鞠である。

彼女はずっと、女房としての振るまいが出来ず、仕事もしくじってばかりの千早を励まし支えてくれている。

今も黎明殿の塗籠を掃除するようにと典侍に言いつけられた千早を不憫に思い、小鞠はわざわざ手伝いに来てくれたのだ。

「食事を抜いた上で掃除させるなんて、椿の典侍はきっと本物の鬼だ」

「小鬼の千早さんが言うと、なんだか説得力があるわね」

しみじみと言う小鞠に、千早は思わず笑った。

このところ二人はすっかり仲良くなり、千早に至っては言葉が砕けて男のような振る舞いさえしてしまう。それに驚かれることもあるが、「二人きりの時くらい自然にしていないと疲れてしまうわよ」と小鞠は許してくれている。

「でも小鬼さんはすごいわね。椿の典侍に怒られても、ちっともへこたれないのだから」

「いや、結構へこんでいるよ。怒られるってことは、その理由が私にあるわけだから」

自分でも、もう少し女らしい振る舞いをせねばと思っているのだ。

「でもとっても頑張っているじゃない。しゃべり方もだいぶ淑やかになってきたし、中宮様に対する言葉遣いもとても綺麗になったわ」

「口を開く度典侍に叱られていたからなぁ……。でも、まだまだだよ」

だから典侍が叱るのも当然だと思うのだが、そこで小鞠が少し不服そうな顔をする。

「小鬼さんがままならないのは事実だけれど、椿の典侍が怒るのはそれだけではないわ。

だから、すべて受け入れる必要はないと思う」

そこで、小鞠が声をそっと抑える。

「椿の典侍は、暁紅殿の女房にことさら厳しいのよ」

「誰にでもあの態度ではないのか？」

「ええ。暁紅殿の女房や、武士の家の娘ばかりいびるって評判が悪いの」

それが事実なら、武士に親でも殺されたのだろうかとこぼすと、小鞠が呆れたような顔をする。

「さすがに、そんな物騒な理由ではないわ。椿の典侍は、左大臣に仕える裏椿家の娘だから、武士の家がお嫌いなんだと思う」

大納言である椿の典侍の父親は、昔から武士を嫌いその台頭が許せないのだと小鞠は言った。

「その上、典侍は元々女御として入内する予定だったらしいの。けれど帝が風早様をみそめて無理矢理中宮にしてしまい、もう妃はいらないと言い出したから仕方なく典侍として内裏に来たのだとか」

「つまり、中宮様のせいで場所を奪われたのか……」

「あげくに典侍の仕事も取り上げられて、中宮の女房のように扱われることに腹を立ててるんだってみんなは言ってるの」

だからこそ色んな女たちに当たっているという噂が、そこかしこで囁かれているらしい。宮中の事情や思惑はよくわからないが、本来得るべき物を奪われたのであれば荒れたくなる気持ちはわかる。

そしてそれが態度に出るのは、人であるなら当たり前のことだ。

「椿の典侍は、かわいそうな人だな」

「小鬼さんはのんきね。同情できるところがあっても、腹を立てるのが普通なのに」

小鞠はそう言うが、日頃の自分の振る舞いを見れば、彼女の怒りはもっともでもある。

「なんだかんだ正しい作法を教えてくれるし、叱られることもしているからなぁ」

殺されるわけでもないし別に気にならないと笑えば、小鞠は釣られて笑った。

「それに、怒られたけど今日は褒められもしたよ」

「椿の典侍に？」

「中宵殿の中宮様の猫をようやく見つけたんだ。着物を破いたときは散々怒られたけど、『小鬼としての仕事はちゃんとしましたね』と最後は褒めてくれた」

「それ、褒めたんじゃなくて嫌みだったのではない？」

「でも夕顔の中宮様も喜んで下さったし、典侍の表情もほんの少し優しかったよ」

そう思いたかっただけかもしれないが、猫の件は典侍も頭を痛めていたから褒めてくれていたと思いたい。

このところ、内裏では奇妙なことが起きている。ある日突然物が失せる事が多いとかで、その一つが中宵殿にすむ中宮の子猫だった。それも子猫は、女房と共に消えたのだという。

「でも、見つかったということはやはり悪霊のせいではなかったの?」

「うん。やっぱり違うと思う」

消えた子猫と女房の側には黒く不気味な影が見えたとかで、明星に相談がいったのだ。

風早中宮のもとに千早を送って以来、彼の所には前以上に細々とした相談が持ち込まれている。

それまでは明らかに悪霊が関わらぬものは断っていたようだが、このところは「お任せ下さい! 私の小鬼が華麗に解決してみせましょう!」などと言って何でも引き受けてしまい、このたびの猫捜しもその一つだ。

そして猫と一緒に消えた女房の方は、清雅が捜索している。彼の見立てでは、悪霊による誘拐ではなく、同僚の虐めに耐えかね逃げ出した可能性が高いらしい。それゆえ、内裏の外で捜索に当たっているようだ。

――しかし、清雅殿も大変だなぁ。

明星が仕事を増やせば、結果一番苦労するのは清雅なのだ。なのに彼は文句も言わず、それに付き従っている。

「……なにか、弱みでも握られているのだろうか……」

思わずこぼすと、小鞠が「なにが?」と首をかしげた。

「清雅殿のことだよ。傍若無人な明星殿に、よく従っているなと思って」

「たしかに、あのお二人はいつも一緒ね。だから、『陰陽の二連』なんて呼ばれ方もしているみたい」

輝く美男子である陽の明星と、暗く陰のある妖しい魅力の清雅。太陽と月のような相反する印象なのに昔からずっと二人きりなのだという。表向き明星の方が人気があるように見えるが、実は密かに清雅に注目している女房も多いのだと小鞠は笑った。

「清雅殿は常に仮面を被っているけど、きっと面の下は素敵な顔立ちに違いないって、噂をしている者も多いわ」

「恐ろしがられているだけではないんだな」

「冥の中将は帝の一族に仕える者だから、有能な公達には違いないでしょう? ちょっと不気味だけれど、遠目に見る分には素敵だって思っている子もいるみたい」

「全然、素敵じゃないよあんなの」

思わずこぼれたのは、千早には厳しい顔や小言顔ばかり向けるからだ。

どんなときでも面を被っているので実際の顔はわからないのだが、隠れた顔の半分は性格の悪さが滲み出た酷いものに違いないと千早は思っている。

そして椿の典侍に睨まれることには大して腹がたたない千早だが、どうしてか清雅の視線には苛立ってしまう。

「ちゃんと仕事をしろとか、周りに迷惑をかけないようにしろとか色々うるさいんだ。あんなの素敵な男じゃない」

「きっと、千早さんのことを兄妹のように思って放っておけないのでしょう」

「兄妹のように思っているなら、普通もっと優しくするものだろう。景時も私を妹のように扱ったが、こんなに厳しくはなかった」

だからきっと清雅は自分を気にかけているわけではない。ただ、明星の名に傷がつかぬようにと見張っているだけなのだろう。

「あいつが思っているのは、明星殿のことばかりだよ」

「それが本当だとしたら、お二人は本当に仲が良いわね」

「良すぎてちょっと変だよ。あの二人、いったいいつから一緒なんだろう」

尋ねると、小鞠は少し考え込む。

「たしか、明星様が元服される前かららしいわ。あの方は特異な生まれ故、幼い頃から悪霊が見えて大変お困りだったから、彼のおじいさまに当たる『有明上皇』が悪鬼を斬る力を持つ『冥の中将』である清雅様を与えたとか」

「……悪霊が、見える？」

「噂では、幼い頃から黄泉を覗き魔を祓う特別なお力があったそうよ。だから高名な陰陽師に師事し一番弟子になれたし、兄様にあたる帝にも目をかけられているとか」

それは大嘘だと知っている千早は、目を輝かせながら語る小鞠になんと言うべきかわからない。

異性として好いているわけではなさそうだが、小鞠を筆頭に内裏の女たちは明星に夢を見すぎている。

美しくて腕が立つ陰陽師であり、帝からの信頼も厚い彼は世の憧れなのだ。

――まあ実際は、全部いかさまだが……。

帝との仲の良さは確かなようだが、それ以外はどれもこれも事実ではない。それなのに皆が信じているのは、本人の口のうまさと陰で働く清雅のおかげだろう。

「冥の中将は帝の血を引く者に永遠の忠誠を誓うというし、きっとなにか特別なつながりもあるのよ」

「いや、絶対弱みだよ。実は仮面の下はものすごく酷い顔で、それを言いふらすと脅しているに違いない」

「……ほう、小鬼は私を狭量でずるい人間だと思っているのか」

返ってきた声は小鞠のものではなく、千早はビクッと身体を震わせる。

恐る恐る振り返れば、陰陽の二連の片割れが美しい笑みをたたえながら廊に立っていた。

途端に小鞠は扇で顔を隠したが、千早はぎくりとしたまま固まる。

だが黙ったままでは、遠慮なく側に寄られると学んでいる。慌てて不機嫌な表情を浮かべ、追い払うようにしっしと手を振った。

「会いにいらっしゃるのは、夜だけにして欲しいと言っているでしょう」

そう言って怒っていると、なぜか明星のほうまで苛立った顔をする。

「私の前で猫を被るのはやめよ。小鬼には小鬼らしく振る舞ってほしい」

「なんですか、猫を被るって……」

「その口調だよ。堅苦しすぎて嫌いだ」

「でもそうしろと典侍に言われました。それに清雅殿だって丁寧に喋(しゃべ)ってるでしょう」

「丁寧だが、できるだけ砕けるようにと奴にも言っている。私は、お前たちには距離を取られたくない」

そういう顔は拗(す)ねた子供のようにも見えて、なんだか無下には出来なくなる。

「わかった。でも、典侍には告げ口するなよ」

「しないよ。これ以上、小鬼が典侍に叱られるのは不憫(ふびん)だからね」

「な、なぜ叱られているとわかった……」

「今日会いに来たのは椿の典侍の言いつけだよ。君があまりに手がかかるから飼い主自ら躾(しつけ)をしろと言われてね」

「あなたに飼われた覚えはない」

「似たようなものだろう、君は私の小鬼なのだから」

そう言って、明星の細い指が飼い猫でもくすぐるように千早のあごをついと撫でた。

途端に小鞠が顔を赤くして、「私は暁紅殿に戻っているわね」と逃げてしまう。

「明星のせいで、一人きりで掃除をする羽目になったじゃないか」

「掃除はしなくていいのだよ。椿の典侍殿がここに千早を送ったのは、私との逢い引きのためだからね」

典侍は、逢い引きに手を貸すような人ではない。

なら何のためにと思っていると、小鞠と入れ違うように大きな荷物を抱えてやってきたのは清雅だった。

また雑用でもさせられているのかと思って荷物を見れば、女物の着物や扇、琴や笛などの楽器まで抱えている。

清雅に似合わぬ品をいぶかしく思っていると、仮面の下から呆れたような眼差しを注がれた。

「お前のために運んでやったのに、なんだその顔は」

「私のため？」

「お前は、今日からここで女房としての鍛錬を積むのだ。明星様が直々に手ほどきをして下さるのだから、感謝しろ」

感謝しろといわれても、千早はまったく嬉しくない。

鍛錬が必要なのは重々承知だが、相手が明星だ。あれこれ理由をつけてくっつかれ、からかわれ、笑われる気がしてならない。

「作法なら、小鞠殿や典侍に習っている」

「それでも身につかないから私が来たのだよ」

「だが明星殿は女ではないだろう」

「女ではないが、誰よりも女に詳しい自信があるよ。それに歌も舞も私は得意だからね」

内裏に住む女房は、最低限の行儀作法はもちろん明星が言うような教養がなければならないとされている。

しかし千早はそのどれにも疎い。小鞠を筆頭に典侍や女房たちに学んではいるものの、驚くほど覚えが悪いのだ。

「中宮の女房たちとて暇ではないからね。私の小鬼のせいで迷惑をかけるなら、主が躾けるべきだろう？」

確かに、忙しい小鞠たちに時間を取らせるのは申し訳ないと千早も思っていた。

とはいえ、扇を手に不敵に笑う明星を見ると、千早の胸に不安が渦巻く。

それを見透かしたように、美しい顔を耳元に近づけられる。

「それに女人としての作法を学んでおけば、景時もお前を見直すはずだから」

「景時も？」

「彼は都暮らしが長いのだろう？　ならば都の女たちを見慣れているだろうし、作法もなっていない女子を好きになるかな？」

明星の言葉に、千早の顔から血の気が引く。

彼の言うことはもっともだ。都には中宮や小鞠のように可憐で慎ましい女がたくさんいる。景時が帝の仕事を請け負っているのだとしたら、将来有望な公達になっているにちがいなく、女たちが放っておく訳がない。

黄泉前の国にいた頃の景時は女にあまり興味がなかったが、今もそうとは限らないのだ。

「明星殿、是非ともよろしくたのむ！」

それまでのためらいをかなぐり捨てた千早に、明星が楽しげな顔をした。

少し離れた場所で清雅がため息をついていたが、無視する。たぶん「簡単に操られるな」と呆れているのだろうが、景時の心を勝ち取れるなら明星のような男にだって魂を売ってやると千早は決意した。

「よし、ではまずはその酷い格好からどうにかしようか」

「か、格好……？　着物の着方は、さすがにあっていると思うが？」

「着方ではなく、色が駄目だ。合わせがあまりに酷くて見るに堪えない」

そう言って、明星が扇で千早の袿を払う。

「着物はたくさん持たせたのに、地味で重い土の色ばかり重ねすぎだ」

「だって、派手な色は似合わないし……」

何より、今日のように猫を捜したり典侍から隠れるには暗い色の方が目立たなくていい。

そんなことを言えば、明星どころか清雅さえ呆れた顔をした。

「そもそも典侍から隠れる羽目になるのは、酷い色合わせをしているからだろう」

「……確かに、顔を見るなり身なりをちゃんとしなさいと怒られるが、色が酷いという意味だったんだな」

男仕草が出ているせいだと考えていたが、そもそも色合わせが酷すぎだと言われていたに違いない。

かといって、並べられた衣をいくら眺めても何をどう組み合わせれば良いか、千早にはさっぱりわからない。

それを察したのか、明星が叱るように扇で千早の頭をグリグリ小突く。

「わからないなら、小鞠の色をまねてみれば良い」

「でも小鞠殿の色は紅色が多くて、私には似合わないよ」

彼女は春を思わせる淡い梅色を用いた襲(かさね)をしていることが多い。けれどあれは、儚(はかな)く柔らかな雰囲気の小鞠だからこそ似合うのだと千早は思っている。

「私は落ち着いて、地味で、いざとなった時敵の目をかいくぐれる色が良い」

「いざというときに合わせて、色を重ねる女房がどこにいる。それに、お前はちゃんと紅が似合う娘だよ」

顎(あご)をぐっと摑(つか)まれ、まっすぐな眼差しと共に告げられる。

その仕草に、初心(うぶ)な千早は慌てふためいた。幼い頃から男扱いされてばかりいたため、こうした艶(つや)っぽいふれ合いへの耐性がないのである。故にとにかく、背筋がこそばゆい。

「か、かゆいことをいうな！」

そのまま明星の身体をえいっと投げ飛ばしたくなってしまうが、親王を相手に乱暴など出来ず、千早は真っ赤になったまま袿の裾(すそ)をぎゅっとにぎった。その表情はいつになく女らしく、明星がふっと目を細める。

逆に清雅は、見てはいけない物を見たようにぐっと顔を逸(そ)らした。

「お前はやはり赤が似合うよ。だから『紅(くれない)の匂(におい)』にしよう」

「く、くれない……？」

「薄紅色を多く用いた襲(かさね)の色目(いろめ)だよ。お前に似合う色目をいくつか教えておくから、その日の気候や仕事に合わせてちゃんと変えるのだよ。いいね？」

顔を背けることさえ許されぬまま、明星に言い聞かされる。

紅など似合わないと千早はまだ思うが、それを口にしたら何か恥ずかしいことをされそうな気がして、慌てて頷(うなず)いた。

結局その日は明星の言う色目を覚えるだけで精一杯だったが、翌日言われたとおりの色を合わせたところ、小鞠を筆頭に女房たちには好評だった。

椿の典侍さえ満足げだったところを見ると、今までの装いは酷いものだったに違いない。

——まさか、色一つでこんなに周りの態度が変わるとは……。

おかしな習わしだなと思いつつも、袿に明るい色を取り入れると不思議と気分が華やぐ気がする。

女たちはこうして気分を高め、仕事に精を出しているのかもしれない。

そんな気づきを、千早は得たのだった。

その後しばらく、千早の周りは穏やかだった。

猫捜しを終えると悪霊がらみの噂(うわさ)がふつりと途切れ、妙だと思えるほど妖(あや)しげな話はなくなった。

出てきていない失(う)せ物は捜しているが、大抵は些細(ささい)な勘違いが原因で悪霊が原因だとは思えなかった。

ならば自分はお役御免なのではと思うものの、「何かあったときのために」と内裏にとどめられている。

そしてどうせいるならばと、細々とした仕事を言いつけられていた。暁紅殿は常に人手不足なので、不器用な千早の手でも借りたいらしい。

そんな毎日の中、悩ましいのは明星と過ごす時間くらいのものだった。

「頑張るとは言ったものの、やはり憂鬱(ゆううつ)だなぁ」

夕刻、その日の仕事と食事を終えた千早は重い足取りで黎明殿へと向かっていた。

ここ数日、明星から習っているのは和歌の作法である。だがどうにも、千早は和歌というものが苦手だった。

季語を入れろとか意味を重ねろとか直接的な表現は避けろとか、決まり事が多くて辟易(へきえき)してしまう。

その上明星は、恋の歌ばかり千早に作らせたがるのだ。

『試しに私に向けて書いてごらん』

などと言うが、好きでもない相手に向かって書こうとしてもちっとも筆が進まない。

かといって景時の事を考えると、思いの丈が募りすぎて言葉が出てこない。

結果、明星を不満がらせ、日に日に彼の機嫌が悪くなっていく。そんなとき清雅が側にいてくれれば間に入ってくれるのだが、ここ数日は姿が見えない。

少し前に消えた女房の行方を捜すのに忙しいのだと明星は言っていたが、千早の下手な歌を聴きたくなくて逃げているのではと彼女はこっそり思っている。

「でも、どうせなら歌ではなく剣の稽古がしたいなぁ」

素振り用にと、矢文の件で仲良くなった十六夜からこっそり木刀を借りているが、振る場所も時間もない。少し前までは夜中にこっそり身体を鍛えていたが、近頃は明星が遅くまで放してくれないのでそれも適わなかった。

このままでは身体が鈍ってしまうと危機感を覚えつつ渡殿を歩いていると、いつもは静かな殿舎に気配を感じる。

——これは明星殿と、女か？

覚えのない気配に、千早はそっと足音を消して先へと進む。

すると庭の池へと延びる釣殿で明星と女が座っていた。身を寄せる二人は見てはいけない雰囲気を醸し出しており、気配を消していて良かったと千早は安堵する。

千早の方からは二人の背中しか見えないが、近すぎる距離はただならぬ関係を思わせる。

——とてもではないが、入っていける雰囲気ではない。

なんだかんだ、千早は初心な女子である。親密な空気に頬を染め、慌てて暁紅殿へと逃げ帰った。

そしてその次の日も、そのまた次の日も、明星の元には女が侍り千早は段々と困り始めていた。

彼との鍛錬を億劫に思っていたとはいえ、こうも毎日だとさすがに腹が立ってくる。

千早に作法を教えると意気込んでいたこともすっかり忘れてしまったようだ。

しかし約束を破られた腹立たしさを感じつつも、女を侍らせて微笑んでいる姿はなんだか怪しげで、親兄弟の逢瀬をのぞき見たように気まずく、割って入る勇気はない。

仕方なく女の姿がある時は何もせず局に戻り、しばらくは小鞠と月見をしたり、朝方密かに起き出し剣の稽古も再開することにした。

だがどうやら、その選択は間違っていたらしい。

「お前、ここのところ鍛錬を怠けているそうだな」

五日目の夜、ついに千早は捕まった。

今日は明星の側に女が三人もおり、慌てて引き返そうとしたところを隠れていた清雅に見つかったのである。

「怠けているのは私ではなく明星殿のほうだろう」

声を潜めながら賑やかな笑い声が響く釣殿を指させば、清雅がため息を一つこぼす。

「好きで女といるわけではない。お前のためにわざわざ内裏に出向いているのが知られ、押しかけられているのだ」

だからむしろ割って入れと清雅は言うが、どう割って入れば良いのだと千早は首をかしげる。

「でも楽しそうだし、邪魔になるだけだろう」

「楽しそうに見せているのだ。今いるのは皆、名のある貴族の娘たちだから無下にはできないのだろう」

「無下にしたら、問題になるのか？」

「皇位につくことはないものの、明星様は帝(みかど)の血を引いている。だからこそ特定の誰かに入れ込んだり、逆に素っ気なくすれば波風が立つのだ」

「でも、明星殿は都中の女を泣かせているのだろう？　それはいいのか？」

「泣かせてはいるが、それもまた平等にだ。そもそも近づいた者を追い払うことも出来ないから、ああしてひととき喜ばせ、適当な時期を見て距離を置いているのだよ」

明星自身は女人が好きなので苦ではないと言っているようだが、少なくともここ数日は女たちの相手を煩わしく思っているようだと告げながら、清雅はじっと千早を見る。

「小鬼のお前なら、割って入っても波風は立たない。だから無理にでも引きずり出してやってくれ」

頼むと告げる清雅の言葉は、いつになく真剣だった。

てっきり好きで女を侍らせているのかと思ったが、そうではないのだと仮面の下の眼差(まなざ)

しが語っている。

　面倒だと思いつつも、来る者を拒めず仕方なく相手をしているのだとしたら、それはそれで哀れだ。

「わかった。じゃあ邪魔をしてくるから刀を貸してくれ」

「なぜ刀がいる」

「物騒な雰囲気の方が、女は逃げるだろう」

「いやしかし、穏便にすませるほうが……」

「良いからともかく貸してみろ」

　言うなり清雅の腰から刀を奪い、千早はぎょっとする。

　奪った刀は、恐ろしいほど重かったのだ。

──なんだこれは、まるで鬼の金棒だぞ……!?

　とてもではないが人が持てる重さではない。それをこうも軽々手にしていたのかと驚きながら体勢を立て直そうとしたが、うっかり裾を踏んだせいで身体がかしぐ。

　そのまま倒れた先は池で、あっと思った時には真っ逆さまに頭から落ちた。

「千早──!!」

　焦った声が響き、続けざまに清雅が池に飛び込む。彼の腕によって池からすくい上げられたものの、水を飲んでしまったせいで咳が止まらない。

騒ぎを聞きつけて飛んできた明星と女房が見守る中、清雅の手で廊まで引きずりあげられ、千早はぐったりと床に伏す。

着物が重く、上手く呼吸が出来ない。しかし脱ぐことも適わず咳ばかり重ねていると、清雅が乱暴に着物を剝いだ。

彼の手によって袿は次々破られ、袴と単衣だけにされる。

おかげで息が整い、千早はようやく生きた心地がした。

「やはり、女人の着物は嫌いだ……」

思わず呻くと、清雅がほっとしたように息を吐く。

その手が思いのほか優しく千早の頭に添えられ、濡れた髪をかき分ける。大きな手で撫でられるとなんだかとても安心できて、千早は猫のように目を細めた。

「……すぐに、着るものを用意させる」

しかしすぐに清雅ははっと顔を逸らし手が離れる。

それどころか逃げるように去ってしまい、千早は妙に寂しい気持ちになった。

「まったく、私の小鬼は実に罪深いね」

声の方を向くと、明星が苦笑を浮かべていた。

「身体を起こせるなら、奥の部屋に入っておくれ。いくら小鬼とは言え、女子の肌を見るのは気まずいものだからね」

明星の言葉に、千早は単衣から透ける肌に気がついた。

小さい頃から男たちの中に交じり、師である左京と寝食を共にしていた千早は肌を見られることにちっとも抵抗がないものの、はしたないことだという認識は検非違使たちとの騒動で学んでいた。

まだ身体に力が入らないので這うように部屋に入ると、少し離れた場所で成り行きを見守っていた女たちと目が合った。

「ひぃっ！」

悲鳴が上がったのは、顔に髪を貼り付けながら床を這う姿が不気味に見えたからだろう。

女たちは慌てた様子で逃げ出し、それを明星が横目で見つめる。

「どうせなら、もう少し情熱的に追い払ってもらいたかったのだがなぁ」

「情熱的とは？」

「明星様は私のものですと、小鬼には縋ってもらいたかった」

「嘘をつくのは嫌だ」

きっぱり言えば、明星の顔に困ったような色が宿る。

その顔を見ると、やはり本心では女人の相手はしたくなかったのだろうとわかった。だとしたらここ数日は申し訳ないことをしたと千早は思う。

「嘘は嫌だが、追い払って欲しいなら言ってくれ。また髪を濡らして、こうして這ってみせよう」

「這って追い返すとは面妖な」

「面妖であればあるほど、きっと効果もあるぞ」

できるだけ気持ち悪く動いてみせると、明星がこらえきれないとばかりに噴き出した。

「お前は本当に、予想がつかないことばかりするね。虫のように動くし、池にまで落ちるとは」

「池に落ちたのは私のせいではない」

落ちた時の顚末を話すと、明星がまた笑い出す。

「あの清雅から刀を奪うとはさすが小鬼だね」

「でもまさか、あんなに重いなんて……」

「特注の刀だからね。清雅は力が強いから、重く硬い刀でないと満足に振れぬそうだ」

だとしても、あの重さは尋常ではない。

——清雅殿は、まさか本物の鬼なのではないだろうか……。

そんなことを考えながら、先ほど触れられた頭に自分の手を乗せてみる。

——でもあんなに優しくて温かな手は、景時以来だ。

そんな人が鬼なわけがないと思い直し、千早は清雅が帰ってきたら助けてくれた礼をしようと心に決めた。

だが彼が帰ってくるのを待とうとしていた矢先、彼のものではない小さな足音が聞こえてきた。

気になって足音の方に顔を向ければ、そこにいたのはまさかの風早中宮である。

裸同然の千早を見て、中宮は驚きのあまり固まった。だが千早の方は、伴もつけずにここまでやってきた彼女の方に驚いてしまう。

「中宮様、いかがなされました？」

思わず彼女の方に近づこうとする千早を、明星が慌てて止める。

中宮の視線から隠すように腕で囲われ、ようやく外に出てはいけないことを思い出した。

「申し訳ございません、今服を脱いでおりまして」

「小鬼、少しお黙り」

呆れた声で言うと、明星は千早を部屋の中に放る。

渋々柱の陰に座り込んでいると、中宮はようやく我に返ったらしい。

「あの、お邪魔でしたでしょうか？」

「あれが衣を脱いでいるのは池に落ちたからだ。それに、脱がせたのは清雅だから誤解せぬように」

「では明星様とは、その……」

「私にだって手を出さない女はいるさ」

笑うと、明星は周囲を確認したあと人目を忍ぶように中宮を部屋の中へと入れた。

「しかし、一人でこんな所にきてはいけないよ風早の君。あなたは帝のもの、私とて二人きりで会ってはならない身だ」

「でも私とあなたの仲でしょう？　それに今は小鬼さんもいらっしゃいますから」

明星を見つめる中宮の眼差しは、いつもとどこか違う。彼女らしくない色香まで帯びた瞳（ひとみ）に思わず息を呑（の）み、まさか彼女ともただならぬ関係なのかと千早は勘ぐる。

すると「誤解するなよ」と明星に釘（くぎ）を刺された。

「風早の君とは幼い頃からの付き合いなのだ。私は訳あって住む場所を転々とした身で、彼女の家にやっかいになったことがある」

「転々と？　親王というのは、十六夜のように内裏に住むものなのでは？」

思わず尋ねると、明星はふっとどこか寂しげな笑みをこぼす。

「幼い頃、私には憑（つ）き物が憑いていてね。そのせいで周りに不幸がおよぶから、長く一つの所にとどまれなかったのだ」

元服よりずっと前に内裏から出され、色々な家にやっかいになったのだと明星は告げた。

「風早の家は、悪霊にも動じぬ武士を輩出する家だ。清雅のような冥の中将を輩出したこともある故、憑かれた身である私を一番長いこと置いてくれた」

「では、中宮様とはそこで出会ったのか」

「ああ、以来妹のように可愛がっている」

　そう言って中宮を見つめる眼差しは、他の女人へ向けるものとは確かに違った。

　一方で明星のその眼差しに、中宮は少し不満そうだった。

「二人きりなのですから、昔のように雪風と呼んで下さい」

「相変わらず、子供のような我が儘を言うね」

「だって風早の君だなんて、他人のようなんだもの」

「もう他人でなければならないんだよ。あなたは兄の妃だからね」

　明星の言葉に、中宮の表情がみるみる曇っていく。それが見ていられず、千早は思わず柱から滑り出た。

「呼べば良いじゃないか。私は告げ口などしないし、人の目も耳もここにはない」

「しかし、隠れて見ている者がいたら困るだろう」

「私ならば隠れた気配も見逃さぬ。何なら屋根の上でしっかりと見張っているから、二人で話せば良い」

　我ながら名案だと思い、千早はあっという間に外へと飛び出し屋根に上った。

　明星は呆れた顔をしていたが、二人きりになった中宮はなんだか嬉しそうだった。

——うん、我ながら良いことをした。

　人目を忍んでまで暁紅殿から出てきたということは、中宮は心の底から明星に会いたかったのだろう。そして多分、昔のように仲良く話したかったに違いない。

褒められたことではないのだろうが、共に幼い時を過ごした相手を大事に思う気持ちは千早にもわかる。

――それにしても中宮様は、明星殿の前ではずいぶん可愛らしい顔になるのだな。

よくよく考えると、彼女は十八の千早ともさほど年の変わらぬまだ若い后妃である。とても落ち着いていて常に美しい振る舞いをしているので大人びて見えるが、本当はそう見えるようにと努力していたのかもしれない。

ならば家族や友人を恋しく思い、ひとときだけでも自分らしくいたいと思う気持ちは千早にもわかる。

――内裏は決まり事が多く、自分のままではいられないからな。

ならば今ひとときだけは穏やかに過ごして欲しいと思いつつ、段々と強まってきた北風に小さなくしゃみがこぼれる。

さすがに濡れた身では寒いと思った直後、何かがふわりと千早の肩に掛かった。

「お前は本当に屋根の上が好きだな」

聞こえてきたのは清雅の声で、千早はぎょっとした。

「……気配は見逃さぬと二人に約束したのに、さっそく破ってしまった」

「案ずるな、下に誰がいるかはわかっているし、俺の他には誰も来ていない」

わかっているからこそ完全に気配を消して戻ってきたのだと言いながら、清雅はふいに千早の身体を抱えあげた。

あまりに軽々と持ち上げられ、驚きのあまり彼の狩衣にぎゅっとすがりつく。

「な、なぜ抱える!?」

「風の当たらないところに行く」

「でも、ここで誰も来ないか見張っていないと……」

「見張れる場所なら別にある」

だから行くぞと、千早は運ばれてしまった。

女を一人抱えているというのに、清雅の体幹はぶれず軽々と屋根を降り黎明殿の東にある対屋へと移動した。

彼の力の強さはわかっていたのに、自分が担がれてみるとその逞しさは思っていた以上だ。

思わずじっと彼を見ていると、どこか戸惑うような眼差しが飛んでくる。

「……俺のような者に触れられるのは、怖いか？」

「怖くない」

「だが身体が硬いぞ」

「寒くて強ばっているだけだ。それに怖いというより、羨ましい」

千早の言葉に清雅が僅かに首をかしげた直後、小さな手が狩衣の上から厚い胸板をがしっと揉んだ。

「この筋が……この肉の厚さが私のものであれば……」

「ば、馬鹿やめろ……！」

「それにあんな太刀を持てるのもずるい。あれならばどんな敵でも易々と葬れるに違いない、ずるい」

「だから揉むな、胸も駄目だが腕も駄目だ……！」

「なあ何を食べれば清雅殿のような身体になれる？　私もこの筋が欲しい」

「女のお前には男の身体を持つのは無理だ」

「だとしても食べているものや、鍛錬の仕方を教えて欲しい。清雅殿のような強さがあれば、きっと景時は私を認めてくれる」

だから筋の作り方を教えろと血走った目で胸を揉んでいると、庇の内側に千早は放り込まれた。

「お前はもう少したしなみというものを持て。都の女というのは、男に顔をさらすのさえ忌諱するというのに、あろうことか男の身体をまさぐるなどと……」

「まさぐらなければ筋の付き方がわからない」

「わからなくていい！」

　そう言うと、清雅は彼女にぐるりと背中を向ける。

「……俺は外にいるから、そこで着替えろ」

「別にそこにいれば良い。清雅殿だって濡れているし、風邪を引くぞ」

「俺の身体より、慎みを大事にしろ」

　あまりに呆れたように言うので、千早は部屋の端に置かれていた几帳を引っ張り出し清雅との間に壁を作る。

「ひとまず仕切りをつくったから、そこにいればいい。着替えもすぐ済ませるから」

　清雅が用意してくれたとおぼしき手ぬぐいで身体を拭き、濡れた単衣を脱ぎ捨てる。

「なあ、もしやこの袿は小鞠殿が用意してくれたのか？」

　並んだ袿を見て問えば、清雅が短い声で肯定した。

「よくわかったな」

「この色合わせは小鞠殿が好むものだからな。……しかし、だから先ほど怖いかと問われたのか」

　服を着ながら笑えば、いぶかしげな視線が飛んでくる。

「服を取りに行って、小鞠殿に怖がられたのだろう。だから私に触れた時、あんな問いかけをしたとしか思えぬ」

「……当たりだ。暁紅殿に忍び込むことは出来たがこの手で衣装箱を開けるのは憚られ、こっそり声をかけたら泣きそうな顔をされた」

「小鞠殿は怖がりだからな」

「彼女でなくても、みな似たような反応だ」

「でも遠目から、清雅殿を見つめている女もいるというぞ？」

「遠目ならまだしも、この身体に近づかれて恐れぬ者はいない」

「私はむしろ、筋に触れられて心地が良かったけどなぁ」

担ぎ上げられた時は驚いたが、清雅の腕の中は存外心地が良かった。

けれど千早の言葉を、彼は疑い戸惑っているらしい。

「……お前は景時という男が好きなのだろう。なのに他の男の筋で心地よくなっている場合か？」

「良い筋がそこにあれば心地ようなるのは人として当然だ」

「いや、当然ではない」

「私にとっては当然だ。それに清雅殿の筋は素晴らしいがやはり景時の筋が一番。そこは揺るがぬ」

そんな事を主張していると、不意に懐かしい思い出が頭をよぎる。

昔、千早はよく景時に背負われた。小柄な彼は清雅ほど千早を軽々担ぐことは出来なかったけれど、その腕に運ばれたことは一度や二度ではない。

申し訳ないと思いつつ、景時に身を委ねる時間は幸せで心地よかった。

そのときのぬくもりと清雅のぬくもりが重なったからこそ、心地よいと思ったのだ。

——不思議だな。清雅殿と景時は似ても似つかぬのに。

筋に触れて気づいたが、二人は身体のつくりが全く違う。筋や肉を支える骨格の作りがそもそも違うから、触れればなおさら別人だとわかる。

雰囲気だって、優しかった景時といつも厳しく冷たい清雅は違うのにと思いつつ、千早は改めて先ほど筋に触れた時のことを思い出す。

「私も、清雅殿のような男に生まれたかったな」

「なんだ突然」

「清雅殿のように逞しくて強ければ、景時も認めてくれただろうなと」

「しかし男に生まれたら、慕う男とは添い遂げられぬぞ？」

「でも、側で支えられる。それに都では、男同士で恋をすることも多いと聞くぞ」

「景時がそうとは限らないだろう」

「だけど女として半端ものでいるよりは、男になった方が好きになってくれる見込みがありそうだ」

長い髪を拭き、側の鏡で姿を確認する。

小鞠の選んでくれた紅梅匂の襲は愛らしいが、濡れて乱れた髪と化粧の落ちた顔には似合っていない。

冷えて紫がかった唇のせいで角度によっては悪霊のようにも見えて、千早は大きなため息をついてから慌てて我に返る。

――まずい、こんな気弱なことを言ったら、また「辞めろ」とか「故郷に帰れ」と清雅殿に言われてしまいそうだ。

そう思って身構えていると、意外にも彼は優しく微笑(ほほえ)んでいた。

「お前らしくないな。絶対嫁になると息巻いていたのに」

「そのつもりだったけど、景時は私よりずっと前から都に住んでいる。小鞠殿のような美しい女たちを見慣れているなら、私を相手にしてくれるかと最近不安になるんだ」

強くなれば景時の側にいられると思っていたけれど、都の女の強さは太刀筋で測るものではない。教養や仕草、知識がなければ同じ舞台では戦えないのだと内裏に来てわかった。

そして、そうしたものへの才能がないということも、嫌でもわかってしまうのだ。

明星との鍛錬が滞っていたことに、千早は心のどこかでは少しほっとしていた。それはきっと、自分の能力の低さを直視したくなかったからだろう。

彼や典侍に叱られると、己の底の浅さと向き合わなければならない。

暗い気持ちでぼんやり鏡を眺めていると、清雅がじっと千早を見ていることに気がついた。

鏡の端に映る清雅は鬼の面のせいで悪霊のようにも見えるが、その眼差しはいつになく優しい。

「都の女は、幼い頃から教養や仕草を磨き身につけているのだ。昨日今日やってきたばかりのお前に出来ないのは当たり前だろう」

「だが、戦いにおいては今まで何の苦労もしてこなかったのだ。左京の太刀筋だって見れば覚えられたし、破魔の術だって習得は容易(たやす)かった……」

「そもそもそれがおかしい。お前は武芸についての才能がありすぎるから、他のことが人並みに出来ないと思い込んでいるんだろう」

そう言うと、清雅は千早の纏(まと)う袿の裾(すそ)にそっと触れる。

「この前まで着慣れぬ衣を、今日は容易く纏えたではないか」

「服なんて子供でもきれる」

「それでいい。子供が出来ることを出来るようになっただけで、十分偉い」

そう言うと、清雅の大きな手が千早の頭を撫(な)でる。言葉通り子供を褒めるように、わしゃわしゃと。

「少しずつ学んでいけばよい。自分に才能がないというなら、一度にたくさんなどと欲張るな」

彼の言葉と大きな手に、ふいに目の奥が熱くなる。

──この感じ、景時に慰められたときと同じだ。

懐かしさと共に溢(あふ)れそうになった涙をこらえつつ、千早は清雅に初めて感謝した。

──多分この人は、厳しいだけの人ではない。

厳しいけれど、優しい。だからこそ千早を見て、的確な言葉をかけてくれるのだろう。

確かに、千早は少し急ぎすぎていた気もする。都に来たからには一刻も早く景時に会いたい。会って今度こそ一緒に生きようと言って欲しい気持ちが、彼女を常に急(せ)かしていた。

「あの明星様が気に入っているのだ。もう少し自信を持て」

「あれに気に入られてもなぁ」

「明星様をあれ呼ばわりするのはお前くらいのものだぞ」

「悪い人ではないけど、好きになれとうるさいのが面倒で……」

「うるさいほど好きと言われて、惚(ほ)れたりしないのか？」

「まったくならない」

好きなのは今も昔も景時だけなのだ。そしてこれからも、それはきっと変わらないという確信が千早の中にはあった。

しかし清雅は千早の心を信じてはいないらしい。

「まあ、人の心は不動ではない。そう言いつつ、いつかうっかり恋に落ちるかもな」

彼の言葉にむくれていると、不意に新しい気配を感じた。

はっとしたのは清雅も同じで、二人で簀子(すのこ)に出る。

遠くから、渡殿をゆっくりとわたってくるのは椿の典侍だ。

千早は慌てて彼女の元に行こうとしたが、清雅が肩をつかんで押しとどめる。

「椿の典侍なら問題はない。先ほど、ここに中宮を送り届けたのも典侍だ」

その言葉を証明するように、チラリと典侍がこちらを見た。

それから釣殿の方へとゆるりと顔を向け、すました顔でその場にたたずんでいる。

「でも、大丈夫なのだろうか……」

「何か不安ごとか？」

「小鞠殿が二人には確執があって仲が良くないと言っていたんだ。だから明星殿と会っているのを、典侍にしられてもいいのかなと」

「確かに、あそこは双方の家が対立している。普通ならば、明星様と会う時に連れてきたりはしないな」

だが……と、清雅は帝(みかど)の住まう殿舎の方へと目を向けた。

「帝は明星様に目をかけているし、中宮との関係もご存じだ。耳に入ったところで、問題は起きないと中宮も典侍も思っているのだろう」

それにこの季節になると、お二人でお会いになることは前からよくあるのだと、清雅は告げた。

「前からということは、何か事情がありそうだな」

「丁度今頃、中宮様は大事な方を亡くされたらしい。そのせいでこの時期は臥（ふ）せることも多く、元気づけるために明星様が呼ばれることはよくあるのだ」

「それを、帝も許可しておられるのか」

「明星様は絶対に中宮には手を出さない。彼は兄である帝を慕っているし、帝もまた明星様を信頼されておられるからな」

「仲が良い兄弟なのだな」

「だからこそ辛（つら）い時期もあったが、今は穏やかに仲を育（はぐく）まれている。それを壊すようなことを明星様はしないのだよ」

それを帝はもちろん周りもわかっているから、今回のような問題が起きた時、明星は解決のために内裏に呼ばれるのだと清雅は告げた。

「とはいえ明星様が内裏に入ると、女房や女官たちが色めきたつのは問題になっているようだがな」

「あれのどこがいいのか、全く理解できない」

「だから自分の主（あるじ）をあれなどと言うな」

呆（あき）れた声で叱られるが、理解できないものは出来ないのだから仕方がない。

そんな会話をしていると典侍の方に中宮が向かうのが見え、千早たちの方には明星がふらりとやってくる。

「なんだ。お前たちもこんなところで逢い引きか？」

「逢い引きではなく見張りだ」

千早はすぐさま答えるが、明星は拗ねたような顔で近づいてくる。

「しかし、まさかせっかくの小鬼との逢瀬を清雅に横取りされるとは」

明星の言葉に、千早に続き清雅も呆れた顔になる。

「横取りなどしません」

「とかいって、愛の歌でも送り合っていたのではないか？」

「こいつが歌を詠めないのは、誰よりも明星様がわかっているでしょう」

こいつ呼ばわりにむくれつつも、事実なので何も言えない。その歯がゆさが顔に出ていると、明星がふっと笑みをこぼした。

「悔しいなら、私が手取り足取り歌についておしえてあげよう。この清雅とて褒められた腕ではない、すぐにお前の方が上手くなろう」

言うなり背後からするりと抱きつかれ、本当に腕を取られる。

「こんな体勢で、教えられるものなどない」

「お前のために、耳元で詠もうかなと」

「それより文字にして欲しい。明星殿の声は妙にこそばゆくて落ち着かないし、書いて何度も読んだ方が頭に入ると思う」

「私の囁きを無下にするなんて、つれない小鬼だね」

言いつつ、明星は懐から巻物を取り出した。

「でもそう言われる気がして、ちゃんとまとめておいたよ」

「教本を作ってくれたのか⁉」

「ああ。ここ数日はお前も来ないし、時間が無駄にあったからね」

明星の気遣いに感謝しながら、千早は巻物を開く。

しかし最初に書かれていた歌を見た瞬間、千早は胸の内側が焼けるような気持ちになる。

「お前と会えないから、その寂しさと切なさを込めて詠んだものだ。これはすべて、お前のために詠ったものだから、心して記憶してくれ」

「でもあの、これ……絶妙に腹立たしいな」

無駄に甘くて胸焼けがするものが殆どだが、中には明星の自信過剰ぶりや自分への文句を感じさせるものまである。

ふと、目についたものからして何やら酷い。

『わたしは満ちた月のように完璧なのに、なぜ君の瞳は私を映してくれないのだろう』

などといったものが、すくなくとも五十は綴られているのだ。それがすべて自分に向けられているものだと思うと、なんだかうんざりしてしまう。

「小鬼のことを思い、お前だけのために綴ったのだ。大事に読んで、今度は私に返歌を詠んでおくれ」

「絶対無理だ」

「でも景時は、和歌の名手だったぞ。彼にふさわしくなりたいなら、これくらい軽く詠めないとなぁ」

景時の名前を出すのはずるいと思いつつ、千早は巻物をぎゅっと握りしめる。

「わかった。……がんばってみる」

そう言うと、成り行きを見守っていた清雅が頭痛でも覚えたように、仮面の上から額に手を当てた。

「お前、明星様の言葉を何でもかんでも信じるな」

「でも実際名手になっているに違いない。景時は完璧な男だったから、きっと明星殿よりずっと良い歌を詠んだはずだ！」

「いや、それはどうかと……」

清雅は何か言いかけたが、それを押しのけ明星がずいと身を乗り出してくる。

「さすがに私の方が名手だよ。だからこそ、毎日、毎朝、毎晩、暇が出来たらこれを詠むんだよ。そうすればお前の歌も良くなる」

一理あるような気もして、これも鍛錬のためだと千早は渋々頷いた。

しかし結局、千早がこの巻物を読むことはなかった。

翌日、例の失せ物騒動にくわえ、新たな問題が持ち上がったからである。

今日もまた女房が物と一緒に消えた。それも今度は四人である。

そんな話を椿の典侍に聞かされた千早は、さすがに顔をしかめた。

今までの失せ物はみなささやかな物だし、消えたという女房たちも清雅の調べではいじめや駆け落ちによる失踪が原因だった。

しかし今回は、どうやら本当に悪霊の仕業らしい。

そんな説明をされたのは、中宮の寝所でのことであった。

夕刻、人払いがされた寝所の中には、典侍と千早と中宮の三人だけがいる。そして昨日はあんなに愛らしかった中宮の頬が瘦けていて、千早は驚いた。

その理由を尋ねる前に、感情が抜けおちたような声で典侍が口を開く。

「実は、中宮様が悪霊をこの目で見たと仰るのです。昨晩、お渡りの時に」

今の帝は足を悪くされており、帝の后妃の殿舎には基本足を運ばない。后妃の方が帝の寝所へと向かうのが常である。

　そのため昨晩も、中宮は帝に呼ばれ彼の暮らす月影殿（げつえいでん）へとむかった。

　その際、中宮は不気味な影を見たのだという。

「あれは、宵壺（よいつぼ）のあたりだったと思うの。遠くに見えた渡殿を歩いている女房に、不気味な黒い影が近づくのが見えたわ」

「そしてそのまま消えてしまったのですか……？」

「ええ。最初は遠かったから、何か幻でも見たのかと思ったの。あのあたりは渡殿も入り組んでいるし、陰が多い場所だから」

　内裏は増築と改築を繰り返しており、宵壺と呼ばれるあたりは特に入り組んだ造りになっている。

　その上あの辺りはやけに暗く、女房はもちろん衛士でさえ迷うことが多いと小鞠が前に話していた。

　また不気味な出来事が多く起こることから今は寝所としては使われておらず、物置がわりになっているらしい。

「でも絶対にあれは悪霊だと思うの」

　中宮が主張すると、典侍が彼女をきつく睨（にら）む。

「私も側にいましたが気のせいですよ。なのにこんなに大事にして……」

どうやら典侍は、今回のことをあまり真剣に考えていないらしい。

この分だと、千早に話を持ち込もうと決めたのは中宮なのだろう。

そのせいか、なんとなく二人の間の空気が冷え込んでいる。

それが気になりつつも、もう少し事情を聞いてみようと千早は決める。

「しかしお渡りなのにどうして宵壺に？　あそこを通っては逆に遠回りになるのでは？」

尋ねると、中宮の代わりに椿の典侍が顔をしかめた。

「普段の道がつかえなかったのです。中宮様を快く思わない者が、渡殿に糞尿をまいて」

「ふ……!?」

こんなに美しい場所で、そんな汚い嫌がらせが起きるのかと千早は戦く。

しかし「よくあることです」と苦笑する中宮の顔を見ると、初めてではないらしい。

「帝の元に汚れた着物ではいけませんからね。月影殿に通う后妃の行く手を阻もうと、昔からある嫌がらせです」

「なんとも酷い話ですね……」

千早が顔をしかめると、中宮も困ったように目を伏せる。

「しかし遠回りすれば問題はありませんし、大変なのは私ではなく女官たちよ。あれを掃除するのは一苦労でしょうね」

自分に対する嫌がらせなのに、中宮は本気で女官たちの苦労を慮っているらしい。

——この人は、ほんとうにお優しい方だなぁ。

そんな中宮を怯えさせた黒い影が悪霊だというのなら、成敗してやりたいと千早は強く思う。

「ひとまず、今夜もまた月影殿に通わねばならないから、護衛として千早さんもついてきてほしいの。そして明日、明星様を呼んで改めて調査をお願いできる？」

中宮の言葉に、千早は頷いた。だがすこし、心配にもなる。

「顔色が悪いですが、今夜も帝の元へ？」

「それが、あの方の望みだもの」

帝の言葉は絶対で、拒むことなど許されない。それがわかっているので、中宮の浮かない顔を見ると千早は不憫でならなかった。

いっそ悪霊が現れれば行かずに済むのにとさえ思ったが、その夜は嫌がらせさえなく、悪霊も姿を見せることはなかった。


そしてその翌日——。

昼の仕事を免除された千早は、明星たちと共に宵壺にやってきた。

格子が閉められている上に建物の向きが悪いのか、日も高いのに妙に暗い場所である。

「相変わらず、このあたりは陰気くさい場所だね」

殿舎を歩きながら、うんざりした顔で明星が言う。

「それにどうにもクラクラしてくる。やはり、何か悪いものがいるのかい？」

明星の言葉に千早はあたりに目を配るが、悪い気配は感じない。むしろ清らかな空気だと言っても過言ではなかった。

清雅も同じ見解らしく、怪訝そうに顎を撫でながら彼は明星と向き合う。

「悪霊どころか、無害な霊や物の怪さえいませんね」

「でも、なんだか気分が悪いよ。堅香子の女御が歩いているなんて事はないよね？」

「堅香子の女御？」

千早が首をかしげると、明星がわざとらしく怖い表情を作る。

「宵壺を徘徊するという悪霊だよ。元々は花月帝の妃だったが、嫉妬にかられて他の妃たちを次々殺し、最後は自害したんだ。彼女の恨み妬みは死してなおも消えず、今なお宵壺を徘徊しているって噂さ」

「でも実際はいないのだろう？　ここには何の気配もないし」

「今はね。でも祓っても祓っても現れると言われていて、取り憑かれた女は嫉妬にかられておかしくなるという話だよ」

明星の話が本当ならとんでもない幽霊だと戦いていると、そこで清雅が「真に受けるな」と呆れた声を出す。

「女がおかしくなるのは内裏という場所のせいだ。帝が一人である以上争いは起こるし、嫌がらせも多い。それに心を疲弊させ、おかしくなった者たちのことを悪霊のせいにしているだけなのだ」

「なんだ、じゃあやっぱり気のせいか」

千早はほっとしたが、明星は清雅の発言が面白くないらしい。

拗ねた顔で、手にした扇で清雅の背中をぐりぐりと突いている。

「だがこの宵壺がどこかおかしいのは事実だろう。お前だって、歩くたびに気分が悪くなると言うじゃないか」

「だとしても、女御とは無関係でしょう」

「いや、これは絶対に女御のせいだ。何度祓っても現れる霊なら、空気をよどませ気持ちをおかしくさせることだって可能だろう」

明星の主張に、清雅が返答に詰まる。

確かに、幽霊のせいで気分が悪くなることはよくある。だが本当にそのせいなのだろうかと千早も疑問に思い、改めて周囲に目を向けた。

いくら見ても幽霊の気配はない。けれどふと、女御について言い合いながら歩く明星たちに目が行く。

二人の足取りに違和感を覚え、千早はあっと声を上げた。

「二人とも、ちょっと服を脱いでくれないか？」

思わず言えば、ぎょっとした顔で振り向かれる。しかし千早としてはそれに気づかず言葉を重ねた。

「袴(はかま)だけでいいので、脱いで欲しいのだが」

「小鬼の頼みを聞くのは吝(やぶさ)かではないが、脱ぐならここではなくしとねの中にしようよ」

「今でなくては意味がない。私が見たいのは、足の運びなのだ」

前を歩く足取りに妙な点があると言えば、清雅が強めに足を踏みしめる。

衣の上からではよく見えないが、それでも目をこらせば違和感の正体にようやく思い当たった。

「この廂(ひさし)、少し傾いているのかも」

ほんの僅(わず)かだが、たぶん殿舎は傾斜している。二人の足取りがいつもと違うように感じたのも、この傾斜に合わせて自然と身体(からだ)が傾いていたからだろう。

そして傾斜は、場所によって微妙に変わっているように見える。

「私の目には真っ直(す)ぐにしか見えないが……」

いぶかしがる明星を見て、千早は自分の見立てを証明するため懐から団栗(どんぐり)を取り出す。

「お前、なぜそんなものを持っているんだい」

「十六夜から、この前の礼にともらったのだ。とても綺麗なので、いつか景時に見せようと思い取っておいた」

明星には呆れた顔をされたが、千早は構わず団栗を床に置く。すると建物の内側にむかって、団栗は静かに転がり始めた。

それをみて、清雅がはっとした顔で梁を撫でる。

「妙にくらくらしたのは、建物が歪んでいたからか」

清雅の言葉に、なるほどと明星も感心する。

「たしかこのあたりは増築と改築が何度も繰り返されたから、きっと高さや傾きが合っていないのだろうね」

もともと宵壺は、都が建国された当時からある建物らしい。最初の帝は一人しか娶らず、彼女が住んでいたのが宵壺なのだ。その後この殿舎を中心に後宮は広がっていったのだという。

しかし都に悪鬼悪霊が跋扈していた時代、宵壺は三度も焼失している。そのたび建て替えが行われ、その後さらに増築までされたため、人の手が入った時期にもずれがあるのだ。

「住まう妃に合わせて改築もしているから、建築の様式も入り乱れているのだろうね」

そしてそれが、この廂を歩くと気分が悪くなる原因に違いない。

新たな気づきに千早はすっきりとした気持ちになるが、明星はつまらなそうに扇を振る。

「なんだ、女御のせいではなかったのか」

「なんでそんなにがっかりするんだ。その方が良いだろう」

千早が呆れると、清雅がそっと彼女に耳打ちをする。

「女御の話は女を口説く手なのだ。女御の話で女を怖がらせ、『私がいるから大丈夫だよ』と甘く囁き懐に入るのだよ」

「き、汚い……」

「そこ、きこえておるぞ」

拗ねた声で、明星がツンと顔を背ける。大人げない振る舞いに、清雅が呆れた。

「口説くための手札が一枚消えたくらいで、そんなに怒らないで下さい」

「怒ってはいない。女御がいてもいなくても関係なく、使える手だからな」

またしても汚いなと、千早は思わずにいられない。

「女を口説く時でもいかさまを使うのだな、明星殿は……」

「誠実なだけの男など、この世にはいないのだよ」

開き直りはいかがなものかと思っているとすぐ横で清雅がため息をこぼす。

たぶん、千早と同じ気持ちになっているのだろう。

それから清雅に、「もう明星様は放っておこう」と小声で言われ、千早は頷く。

そして改めて、辺りを見回してみる。

「でも悪い気配が建物のせいなら、やっぱり今回の失踪も悪霊のせいではないのかな？」

何の気配もない殿舎を眺めながら、千早は大きく首をひねる。

しかし中宮のやつれた顔を見ると、あの影が見間違いだったとはどうしても思えない。

明星も同じ考えだったらしく、女房が消えたという東の渡殿を踏みしめながら彼は千早を振り返った。

「悪霊が移動したということはないか？　今はいないが、昨晩は何かいたかもしれない」

「それなら、何かしらの気配が残ると思う。でもここには、何もいない」

千早の言葉を肯定するように、清雅もまた大きく頷く。

それを見た明星は真面目な顔になり、大きなため息をついた。

「……となると、もっと面倒なことになるね」

「悪霊より、面倒なことがあるのか？」

「人だよ。もしも悪霊でないなら、すべての原因は人にある」

「でも、人の方が捕縛しやすいだろう」

「ここは内裏だよ。人を攫い、物を取るような人間が出入りしているなら一大事だ」

本来、内裏は人の立ち入りが制限された場所だ。

日々賑やかなので忘れがちだが、入れるのは官人とかぎられている。足を踏み入れる際は門で名前を控え、出入りの際は持ち物も検められるのだ。

「女房を攫い外に出るなんて、絶対に無理だろうね」

しかしここに立ち入った人物は、人の目を上手くかいくぐっている。

「女を軽々と担ぎ、すっといなくなれるなんて、まるで清雅殿のようだな」

思わず考えを口にすれば、清雅が不満そうな眼差しを千早へと向けた。

「まさかお前、俺を疑っているのか？」

「疑ってはいないよ。ただ、あなたほどの手練れでなければ無理だろうと思っただけだ」

千早の言葉に、明星も同意するように頷く。

「とはいえ、清雅のような手練れなど普通はいないよ。となると、きっと衛士たちが何か見逃しているのだろうね」

「でも衛士たちは夜も内裏を見回っている」

千早はよく部屋を抜け出し外に出るが、灯を片手に見回る衛士の数は多かった。左京に鍛え上げられた自分はともかく、その目を容易く掻い潜れるものだろうかと考えていると、明星と清雅の表情が浮かないものへと変わる。

「数は多いが、有能とは言えないよ。少し前に近衛府に大きな手が入り、近頃衛士たちの統率も取れていないしね」

明星の話では、元々は風早中宮の父上である中納言が近衛大将を務め、その息子たちがそれぞれ近衛府の要職につき内裏を含めた大内裏の警備を担っていた。しかし彼の娘が中宮となったことを面白く思わない貴族の一派が難癖をつけ、別の者に担当を代えるように申し立てたのだという。

「難癖一つで、やめさせられるものなのか？」

「あろうことか、風早家の味方であるはずの右大臣までもが賛同したのだ」

風早の中納言が大将の座についたとき、後押しをしたのは右大臣だった。そして中納言が大将になってからの近衛府はことさら評判が良く、帝も彼に一目置いている。

その上娘が中宮となったことで、右大臣は急に焦りを覚えたのだろう。中納言に取って代わられるのではと恐れ、最近は敵対するような発言も多いらしい。

「風早家は無欲な上、右大臣に尽くしてきたというのに、酷い話だよ」

「酷い話とわかっていて、帝はそれを受け入れたのか？」

「受け入れたくなかったようだが、賛同者は多く、結局、近衛府には大きく手が入ったのだ」

しかしそれが良くなかったのは、明星の浮かない顔が物語っている。

「風早の家に代わり、近衛府を動かすようになったのは椿の典侍の身内だよ。ただあの家は文官ばかりで、頭も固いのだ。大将となった典侍の父も、要職に就く息子たちも評判がすこぶる悪く、衛士を担う武士たちに馬鹿にされているようでね……」

それが頭にきた典侍の父と兄たちは、衛士の半数を解雇し自分の息がかかった者に内裏の警備を任せているらしい。

その中には武器もろくに握れない貴族の嫡男が多く、彼らと古参の衛士の間には大きな溝がある。

もちろん最低限の警備は行っているようだが、経験のない衛士たちが配置されるのはもっぱら宵壺など人の出入りが少ない場所だ。新参の中には臆病者も多く、妙な噂がある場所はろくに見回りもしていないそうだ。

「でも、衛士がそんな有様で大丈夫なのか？　ここは、帝が住まう場所なのに……」

「ここは、どこよりも安全だと思って油断しているのだよ。怪異を祓う桜も多く、都は長い平和の中にあるからね」

千早の故郷である黄泉前の国では未だ呪族の影があるが、近頃は彼らが都を脅かすこともなくなった。

貴族と武士の間には不穏な空気があるが、争いの果てに都が乱れた記憶はまだ新しく、それぞれが最低限の分をわきまえている。

唯一の懸念は自然と現れる怪異だが、腕の良い陰陽師たちがすぐに祓うので近頃は大きな問題は起きていなかった。

「『気のせい』で片付くことばかりだったから、誰も彼もが腑抜けてしまっているのさ」

「平和すぎるのも、いいことばかりではないんだなぁ」

「光満ちる平和な国だからこそ、密かに闇は濃くなるものだ。故に陰ながら国を守る者が必要だと帝はよくこぼしているよ」

そう言って、明星は千早ににこりと笑う。

「それには私も賛成だし、実を言うと小鬼をここに忍ばせたのもそのあたりの事情があるからなんだ」

「私に国を守れとでも言うのか？」

「まさしくその通りだ。一番優先すべきは中宮だけれど、いずれは私の下でこの都の守護者として働いて欲しいと思っている」

明星の提案は名誉なことだが、仕える主を持たず自由に生きてきた千早にとって、すぐ頷けるものではなかった。

そもそも検非違使になろうとしたのも景時と同じ仕事に就きたいという一心からだったし、今だって彼に会うために内裏にいるのだ。

「守護者だなんて、そんな大それた仕事は荷が重いよ」

「でも人や国を守れるだけの強さが小鬼にはあるだろう」

「金を稼ぐために用心棒なんかはしたことがあるけど、守る相手は人ばかりだ」

「国だって一緒だ。守護者という言い方を重く感じるなら、都の用心棒だと思えば良い」

言葉を変えても重さは変わらない気がするが、明星はもっと気軽に考えろと笑っている。

「それに、お前は景時に会いたいのだろう？」

「会いたいけど……」

「なら都くらい守ってみよ」

笑みを深める明星に、千早は複雑な顔をする。

不服だという気持ちは伝わっているはずなのに、明星は満足げに頷き扇を優雅に払った。

千早が断るという可能性を、みじんも感じていないようだ。

「さあ、早速働いてもらうよ。この場所で何が起き、誰が内裏に忍び込んだのか、お前には調べてもらう」

「……本来その仕事は明星殿がすべきなのでは？」

「自慢ではないが、私は調べ物の才能もない。それに太刀も振れないから、人間相手でも全く役に立たないぞ」

胸をはって言うことではないが、清雅がため息をついているところを見ると本当なのだろう。

霊も見えず、太刀も使えず、調べ物も出来ないとは、どこまでも役に立たない男である。

「本当に、顔と口だけなんだなぁ」

千早は思わずこぼしたが、明星はどこ吹く風である。

結局、役に立たない明星は宵壺の釣殿で優雅に琵琶を弾き始め、調べは千早と清雅で行うこととなった。

下手に側にいられてもうるさいだけだという見解は一致し、目が届く所でのんびりしていてもらった方が邪魔にならないと思ったのだ。

そしてまず、千早たちは閉め切られていた正殿の妻戸を開けた。

しんと静まりかえった室内は、妙に蒸している。

明かりを取り入れるため二人がかりで格子をすべて上げたが空気はあまり変わらない。ちぐはぐな位置に壁や塗籠があるため、上手く風が抜けないのだろう。

しかしだからこそ、二人はすぐさま妙な事に気がついた。

「ここ、もうずいぶん人が来ていないはずなのに、あまり埃の臭いがしない……」

倉庫として使われている正殿の中は様々な備品が置かれ、雑然としている。埃をかぶっている物もあるが、それにしては少し綺麗すぎる気がした。

格子を上げてもなお薄暗い室内を巡ると、やはり誰かがここにいた気配がする。

そして中に置かれた物を、あれこれと動かした名残があった。

それに清雅も気づいたらしく、仮面から覗く鋭い目を細め床や備品をじっと見つめていた。

「人が歩き、触れた気配があるな」

彼が指さす場所を見れば、残されていたのは無数の足跡と手のあとだ。埃の積もり方からして、どれも新しい。

その一つ一つに、千早はじっくりと目を凝らす。

「一つではないようだね。男と……あと女のものがいくつか。足の大きさと歩幅からして、男は明星殿くらいの背丈、女は小鞠殿より少し高いくらいだと思う」

「お前、こういうところは本当に察しが良いな」

「こういうところはってなんだよ」

「明星様の和歌を詠んでいる時は『何一つ意味がわからない』と嘆いているだろう。なのに、足跡や手の大きさからそこまでわかるのかと」

「人の身体を見るのが好きだから、自然と見当がつくのだ」

だからこそ、千早は僅かな不安を覚えた。

「こちらの三つの足跡、多分かなり大柄な男だ。それに太刀を持っていると思う」

「なぜそう思う」

「こちらの衣装箱がずれていて、擦れたあとがあるだろう。歩幅や足の大きさからして、男は多分清雅殿と同じ背丈くらいだから、鞘の先端が当たったに違いない」

千早の言葉に合わせて清雅が足跡の上に立てば、千早の見立て通り鞘の先が傷の位置と合致する。

でもそれが、事態を少しややこしくした。

「この男、内裏の人間ではないかもしれない」

千早が言うと、清雅が怪訝そうな顔で衣装箱の傷を撫でた。

「なぜそう思う？」

「清雅殿の持っているのは長めの得物だろう。でも衛士たちの持つ刀はここまで長くない」

それに……と、千早は更に顔を曇らせた。

「衛士たちのことは筋が気になってこっそり見てきたが、清雅殿ほど大柄な男は見たことがないんだよな」

「間違いはないか？」

「うん。何度か詰所に忍び込んだことがあるから間違いない」

「……おい、筋の行はともかく今のは聞かなかったことには出来ないぞ」

「別に悪いことはしていない」

「だが忍び込んだのだろう」

「だって身体を見たかったし、もしかしたら景時が働いているかもしれないと思って」

でも彼はいなかったし、誰も彼もが細くひょろひょろで、こんな腕で守りが務まるのかと不安を覚えていた。

「都の武士がどれほど身体を鍛えているのかと期待していて覗いたが、がっかりだった」

「色々言いたいことはあるが後にしよう。少なくとも、お前のその覗きと筋好きは役に立ちそうだ」

千早の主張を頼りに足跡の数とそれぞれの体格をざっと把握したあと、千早は女の足跡を、清雅は男の足跡をそれぞれたどることにした。

それぞれの足跡は部屋の中をぐるぐると回っており見定めるのに苦労したが、どうやら東の対屋（たいのや）へと続いているようだ。

正殿から対屋への道はやはり入り組んでおり、普通はない柱や壁がいくつもあった。そのどれもが傾いているため、視界が狂う。

酔うような感覚を味わいつつ東の対屋へとはいると、こちらの方はほこりっぽい。しかしその分、くっきりと足跡が残っていた。

しかし妙なことに、足跡は塗籠の奥で途切れている。前には壁しかないにもかかわらず、いくつもの足跡がそこで重なり途切れていた。

「清雅殿、やはり相手は幽霊だったかも知れない」

少し遅れてきた清雅に足跡を指させば、彼はゆっくりと周囲を見回した。

「俺が追った足跡も、ここで途切れているな」

「ならそちらも幽霊か？」

「幽霊が足跡を残すわけがないだろう」

「しかし壁を通り抜けたようにしか見えない」

だが霊の気配は残されていない。いぶかしく思っていると、不意に清雅が壁に手をつく。

直後、バキッと音を立てて壁に見事な大穴が開いた。軽く手をついたようにしか見えなかったが、どうやらこの男、恐ろしい力で圧をくわえていたらしい。

「驚いたな、奥に道がある」

「私は、清雅殿の怪力の方に驚いたんだが……」

「そんなに力は入れていない。もともと、この壁が薄いのだ」

だとしてもこんなに派手な穴は開かないだろう。

――確かに、この怪力なら並の太刀では軽すぎて扱いにくいだろう。

思わず清雅をじっと見つめていると、居心地が悪そうな顔で彼が振り返る。

「……お前も、怖いか？」

「怖い？」

「お前は物怖じしないから油断したが、力の強さを示すと大抵のものは怯える」

たしかにあの刀の重さといい壁の壊し方といい、普通ではない。

でも不思議と、その点に関しては怖いとは思わなかった。

「怖いというか、奇妙だとは思う。でも奇妙というなら、その仮面の方が奇妙だよ。怖がられるのが嫌なら、もっと可愛いものにすれば良いのに」

「別に嫌というわけではない。それに、可愛いものだと逆におかしいだろう」

「でもウサギとかなら愛らしくて良いと思うぞ」

「大柄な男がウサギの面をつけていたら、それはそれで恐ろしいと思う」

「まあ確かに、清雅殿は羨ましいくらい身体が大きいからなぁ」

そう言って千早は清雅の胸に手を置く。大きな身体が驚き固まったのを良いことに、千早は狩衣の上からすりすりと逞しい胸を撫でる。

「ああ、やっぱり固いなぁ。いいなぁ」

「だから、男に軽率に触れるのではない！」

我に返った清雅が身を翻し、胸を撫でていた千早の手が空を切る。

「いいじゃないか、減るものではないし」

「減らなくてもだめだ」

「じゃあ服の下の筋を……」

「見せない。絶対に、見せない」

言うなり、清雅は開いた穴を踏み越え壁の向こうに行ってしまう。

つれない反応に拗ねながら、千早もまた壁の向こうへと向かうしかなかった。

何よりも千早を警戒している清雅に続いて細い道を進むと、先には小さな部屋が待ち受けていた。

物はなく、唯一目についたのは床の小さな木戸である。

ここでも清雅が怪力で戸を無理矢理こじ開けると、意外な物がそこには待ち受けていた。

「階だ……！」

見れば、戸の向こうには地下へと続く階が延びている。

試しに清雅が下ってみるが、十段ほど降りてもまだ地面に届かぬらしい。

「清雅殿、下に人の気配はあるか？」

「今はない。しかし最近使われた形跡がある」

「なら女房を攫った影は、ここから？」

「だろうな。俺は見てくるから、お前は明星様に報告をしてくれ」

さすがに一人で残すのは心配だと言う清雅に、千早は頷く。

彼ならきっと、影の正体に繋がるものを見つけてくれるだろう。そう思って引き返せば、明星は釣殿に円座を置きのんびりとくつろいでいた。

「仕事をさぼっている姿さえ絵になる男だなぁ」

などと呆れながら明星に近づこうとしたとき、千早は背後から刺すような視線を感じた。

隠し持った短刀を引き抜き、視線の方へと目を向ける。

そして彼女は戸惑い息を呑んだ。

——あれは、清雅殿……？

千早が出てきたばかりの東の対屋の前に、大きな黒い影が立っている。その背の高さと気配が清雅に重なったが、すぐさま違うと思い直す。

——清雅殿は、あんなにも禍々しくはないな。

背中に汗が滴るのを感じながら、千早は影と向き合う。

見れば見るほど、それは人には見えなかった。

怪異のような禍々しさと、人ではない気配が影から立ち上る。

こうした怪異に慣れているはずなのに、千早の身体は僅かに震えた。

向けられた視線に、恐ろしいほどの殺気がにじみ始めたのだ。

そしてそれは、千早の側に明星が立った瞬間、最高潮に達した。

「私の後ろへ！」

男が反応しているのは明星であると思い、千早が恐怖を押して一歩前に出る。

その途端、黒い影が物陰へと退いた。

あれほど禍々しかった気配が消え、鋭い視線も殺気も跡形もなく霧散している。

「……いったいどうした、何かいたのか？」

「今、あの奥に影が……」

「影？　私には見えなかったぞ」

ではやはり悪霊なのだろうかと悩むが、なんだかどっと疲れてしまい思考がまとまらない。

とはいえ、ひとまず危機は去った。そう思い、千早は大きく息を吐くとその場にしゃがみ込む。

「おいっ、酷い顔色だが平気か？」

「あんなに強い殺気に当てられたのは久々で、少し参ってしまっただけだ」

「無駄に元気なお前でも、弱ることがあるんだな」

明星の手が子猫をなでるように千早の頭を撫でた。

「何かから、私を守ろうとしてくれたのだね」

「理由はよくわからないけど、あの影は明星殿に反応しているようだったから」

「そういえば少し前、清雅も妙な気配を感じ取ったと言っていたな」

内裏ではなかったそうだが、かなり警戒していたと明星は告げる。

そしてその顔は明星らしくない憂いに満ちていて、千早は思わず彼の背中に手を回した。

「心配するな。明星殿は私の主、何があってもお守りする」

励ますように背中を何度か叩くと、明星が驚いた顔で固まった。

その顔は妙に間が抜けていて、千早は思わず笑ってしまう。

「そう驚くなよ。何か憂いがあれば取り除くし、受けた恩はちゃんと返すつもりだ」

人使いは荒く、いかさまをするようなずるいところもあるが、明星は景時に会わせてくれると約束してくれた。ならば何があっても守ると、心に決めている。

「あんたに浮かない顔は似合わない。私と清雅殿がなんとかするから、いつもみたいにへらへらしているといい」

そう言って笑うと、突然明星が千早の身体にぎゅっとすがりつく。

身体に巻き付いてきた腕は、どこか必死だった。そして押しつけられた胸は硬く強ばり、時折震えるように揺れている。

この仕草は、いつものようなからかいではない。

そう気づくと、千早は腕を拒めなかった。

──この人は、以外と臆病なのかもしれないな。

いつも堂々としていて、誰の言葉も聞き流すような人だと思っていたけれど、きっとそれは表面だけなのだろう。

よくよく思えば、陰陽師を名乗っているが彼には怪異を祓う力がないのだ。なのに悪霊の絡む事件に呼ばれ続けるなんて、普通の人ならば参ってしまうだろう。

——震えをこらえているようだし、きっと人並みに怪異が恐ろしいに違いない。ならば私は国より先に、この人の用心棒をすべきなのかもしれないな。

自分よりも年上なのに、今このときだけは明星が子供のように思え、あやすように背中を撫でた。

「お前は、優しいな……」

不意に響いた明星の声は、なんだかいつもと響きが違った。

「主には優しくする」

「主……か」

「ん？　違うのか？　私を式神のようなものにするのはお前だろ？」

「ああそうだ。でもどうやら、私はそれだけでは足りなくなっているらしい」

そんな言葉と共に、明星が僅かに身体を離す。

かと思えばぐっと顔が近づき、柔らかなものが千早の唇に重なりかけた。

「近い近い近い近い!!」

どしん——と、明星の身体が派手に転がったのは、直後のことである。

「つ、つき飛ばすことはなかろう！」

続いて響いた明星の声で、千早はようやく自分のした事に気がついた。

「だ、だだだだ、だって……口を……口をつけようとしただろう！」

「したが、なぜ喜ばぬ」

「喜ぶ!?」

「女は口づけをすると大抵喜ぶものだ」

まさか投げられるとは……と呆れられるが、呆れたいのは千早の方である。

「私は喜ばないし、なぜ急にそのようなことをする……」

「お前が気に入ったからだ」

「気に入ったら、誰とでも口づけをするのか!?」

「お前は女だからな。そして女を少しでも長く側に置くには、恋人にするのが一番だろう」

そう言うと、明星はどこか寂しげな顔でうつむく。

「私は昔から、関係を結ぶのが得意ではないのだ。清雅のように忍耐強い男ならともかく、小鬼のような者を引き留めておく方法はこれしか知らない」

「しかし、いきなり恋人はどうかと思うぞ」

「口づけと甘い囁き(ささや)きならば得意だからな。それでつなぎ止めておけば、お前は私の元から去らぬだろう」

「むしろ今、私はこの場からものすごく去りたいぞ」

呆れ果てていると、明星が途端に狼狽(うろた)える。

——この男は、臆病な上に不器用なのだな……。

　そう思うと溜飲が下がるものの、ここははっきり言っておこうと千早は明星の肩をがしっと摑む。

「私にお前の色気はきかないし、恋人になることはあり得ない」

「ならばどうすれば私の側にいてくれるのだ」

「『いて欲しい』といえばそれでいい。頼みがあるなら素直に言えば良い」

「それだけでいいのか？」

「明星殿は、景時への道筋を作ってくれた恩人だ。それにものすごく腹が立つし人としてはどうかと思う時もあるが、友としてなら側にいてもいいと思っているぞ」

　千早の言葉に、明星は目を見開く。

「そんなことは、初めて言われた」

「言われる前に口づけなんてものをするからだ。ともかくあれは禁止だ、絶対に禁止だ。口づけは、景時とすると決めているんだ！」

　強く宣言した途端、背後でガタッと音がする。

　振り返ると、そこにいたのは清雅である。少し傾いた身体を見るに、柄にもなく躓いたらしい。

「お前、なんてことを口走っている……」

「大事なことだから、宣言していた」

念のためもう一回くらい言った方がいいだろうかと考えていると、「ふざけている場合か」と清雅がため息をつく。

その言葉ではっと我にかえり、千早は明星から手を放す。

「……それで、あの地下に誰かいたのか？」

尋ねると、清雅は首を横に振る。

「いや、今は誰も。しかし道は続き、大内裏から南にずっと下った先、かつて朱雀院と呼ばれた御所のあった場所まで延びていた」

都に来たばかりの千早は地理に疎いが、朱雀院という名前には聞き覚えがあった。

「朱雀院って、かつて恐ろしい鬼が出たという……？」

「その場所だ」

朱雀院は、かつて上皇など退位した天皇の住まう場所であった。

しかし過去に起きた凄惨な出来事のせいで、黄泉と繋がる門――『鬼門』が出来てしまい、以来人が住まうことが出来なくなったと千早は師の左京から聞かされていた。

その原因は都が荒れた時代に遡る。

かつて都には恐ろしい鬼がおり、多くの人々を貪り、殺めた。その鬼が最も多く人を殺したのが、この朱雀院だったとされている。

殺された人の数は数百にもおよび、討伐に当たった陰陽師でさえ鬼に敵わず、いたずらに犠牲者は増えていった。

そこに現れたのが、清雅の肩書きにもなっている冥の中将という武官だ。彼のおかげで鬼は退治されたが、殺された者たちの魂は成仏できず、歪み、怪異を引き寄せる『穢れ』が鬼門になってしまったのだ。それは未だ消えず、人の立ち入りは禁止されている。

「しかし、なぜそんな場所と内裏が……」

首をかしげていると、明星が考え込む。

「たぶん、地下の道は逃げ道ではないだろうか。内裏で何かあったとき、帝や后妃たちが逃げる秘密の通路があると、かつて母から教えられたことがある」

明星が教えられたのは、近年手を加えられた別の道だそうだが、それ以前に秘密の通路が作られていても不思議ではない。

その先が上皇の御所であるなら、逃げ先としても申し分ない。

「通ってみたが、確かにずいぶん昔に掘られた道のようだった。途中塞がりかけていた箇所もあるし、たぶん百年以上は前のものだな」

「でも、鬼門のある場所から出入りするなんて、忍び込んだ奴は度胸があるな……」

千早がこぼすと、清雅が少し考え込む。

「朱雀院は今なお空気の良い場所ではないが、かつてよりはだいぶ落ち着いている。怪異が見えぬ者には、ただの廃屋にしか思えないのかもしれないな」

長い年月が経ち、朱雀院は警護の者もいない。門は閉じられているものの、立ち入りを禁じる看板しかなく、侵入は容易いと清雅は告げた。

「今夜から、俺はしばらく院で待ち伏せをしてみようと思う。侵入者は多分洛中の者だし、道を使うところを押さえてやろう」

「なら私もついて行く。あの足跡からして、相手は複数の可能性もあるだろう」

「何人いても、抜かりはない」

「でも私も手柄をあげたいのだ」

意気込むが、清雅は不満そうだ。

するとそこで、助け船を出してくれたのは明星だった。

「この件は二人に任せた。内裏に忍び込んだ者を捕らえ、その正体をつかむのだ」

頼んだぞと千早に微笑む顔は、以前より砕けているような気がした。

その夜、千早と清雅は隠し通路を通り朱雀院へと足を踏み入れることに決めた。

そこで内裏に忍び込んだ者たちが現れるのを待ち、捕縛する算段である。

　とはいえ下手をすれば一晩では決着がつかぬと思い、千早は中宮と典侍に夜はしばらく暇をもらえるよう話をつけることにした。

　中宮の寝所にふたりが詰めていると聞いた千早は、念のためにと明星から渡された一筆を手に、好機とばかりに彼女たちの元へと向かう。

「なぜ今更、明星様と会うのはやめろというの……！」

　しかし部屋の前まで来た途端、中宮の大きな声が響く。

　いつもは穏やかな彼女らしくない声に、唖然としていると彼女の声はより鋭くなる。

「他の女たちは会いに行っているじゃない。私だけ、どうして許されないの」

「あなたのためです。破れた恋に泣くのは義信で十分だと前に言っていたでしょう？　それに明星様のことは、兄としか思っていないと言っていたのに、今更どうして……」

「義信のことを思い出させないで！」

　怒鳴る中宮の声は、まるで別人のようだった。

　普段の穏やかさは消え去り、少し離れた廂にいる千早の所まで怒りが伝わってくる。

「本当は、あなたの顔だってもう見たくもないの！　それを我慢しているというのに、更に命令までしないで……！」

「私だって、あなたが嫌がることはしたくありません」

「嘘よ！　あなたは、みんなと同じように私の不幸な姿を見て楽しんでいるのよ！　口では優しいことを言いながら、自分の地位と大切な人を奪った憎い女だと、心の中では恨み辛みを募らせているはず」

「いえ、私は……」

「出て行って、あなたなんて大嫌い」

冷ややかな声が響いた直後、椿の典侍が御簾を持ち上げ部屋から急ぎ足で出てくる。

淑やかな彼女らしくない大きな足音を立てて歩いてくる典侍は、まるで何かから逃れるような形相だ。

彼女が感情を露わにするところを見るのは初めてで、千早は思わず息を呑んだ。

「あ、あなたいつから……」

目が合うと、典侍は顔を袖で隠す。どう答えるべきか戸惑っていると、典侍は千早の側を早足で通り過ぎた。

「今聞いたことは、すべて忘れなさい」

すれ違う一瞬、小声で典侍が鋭く告げる。

いつも以上に厳しい声にびくりと身体を震わせると、典侍は袖の端からチラリと千早を見た。

言葉を交わす間もなく典侍は対屋の方へと歩いて行ってしまう。

――なんだか、椿の典侍らしくない……。

声は厳しかったが、本気で怒っている時に出るすごみはなかった。

──それに、あの目はまるで……。

最後に垣間見た典侍の様子が気になり、千早は追いかけようか迷う。

「千早、そこにいるの？」

しかし中宮の声が響き、千早は慌てて彼女の元へと向かう。

部屋に入ると中宮は御帳の向こうで静かに待っていた。

顔は見えないが、なんだか普段と気配が少し違う気がした。

「あの、今……」

「ああ、いつものことよ。私たち、あまり仲が良くなくてね……」

人がいる時は見せないのだけど、と告げる声に続いて困ったような笑い声が響く。

「あなただって聞いているでしょう？　風早家と裏椿家の確執を」

「少しだけ」

今更隠しても仕方がない気がして、千早は素直に告げる。

「あの人は、内心では私を恨んでいるの。本来なら、彼女が中宮になるはずだったから」

「え、椿の典侍が……ですか？」

「ええ。でも帝が私を望まれて、椿の典侍がつくべき場所に私を閉じ込めてしまわれた。だからずっと、あの人は私を恨んでいるのよ」

中宮の声は悲しげで、きいている千早の方が胸が痛くなってくる。

確執はあるようだが、多分中宮は典侍を心の底から憎んではいないのだろう。

――でも、典侍はどうなのだろうか。

垣間見た顔を思い出しながら、千早は考えた。

しかし根が単純で、難しい状況に置かれたことのない千早には中宮の気持ちも、典侍の気持ちもよくわからない。

わからないけれど、わかりたいと思ってしまったのは、垣間見た典侍の辛そうな顔がいつまでも消えないからだろう。

「それよりも、何かわかったの？　明星様は、何か見つけた？」

悲しい気配を隠すように、中宮の声が僅(わず)かに弾む。

彼女の前で「あいつはなにもしていません」というのは憚(はばか)られて、千早は宵壺で明星が多くの事実を明らかにしたと教えた。

同時に暇を願い出れば、中宮は快く許可してくれた。

「こちらのことは心配せず、明星様のお役に立ってきてね。あと、朱雀院は不気味な場所だというから、くれぐれも怪我(けが)などしないように」

千早が心配になったのか、中宮はわざわざ御帳をあげて優しい笑顔で近づいてくる。

その心遣いに感謝しつつ、千早は深々と頭を下げた時、「あっ」とどこか心細そうな声がする。

「あなたから、覚えのある香のにおいがして」

中宮の指摘に、千早はそっと自分の服に鼻を近づける。

香に疎い千早は、いつも小鞠が選んだものをつけている。だが確かに、そこに嗅ぎ慣れぬ香りが混じっていた。

「清雅殿はつけないから、明星殿のものかもしれません……」

「彼の香りが、移ったの？」

「ええ。先ほどすがりつかれたので、多分そのときに」

明星の不器用な行動を思い出し、千早は思わず笑ってしまう。

次の瞬間、中宮にぐっと手首をつかまれた。恐ろしいほどの力に、千早は戦く。

「……あなたたちは、特別な関係ではないわよね？」

腰をうかせかけた千早を見つめる眼差しには、僅かではあるが怒りにも似た感情が浮かんでいる。

その目を見て、先ほど盗み聞いてしまった会話を思い出す。

中宮はやはり明星を好きなのだ。ならば今の発言は、彼女を不安にさせるものだろう。

「安心して下さい。私が思い続けているのは景時ただ一人です」

「あなたが都まで追ってきたという、公達の……？」

「はい。それに明星殿が私に構うのはただの戯れかと。女らしくない私を面白がって、からかっているだけなんです」

千早の説明に、中宮がゆっくりと手を放す。

「ごめんなさい。あの人はその、私にとって……」

「大事な相手だというのはわかります」

「叶わないのに欲しいと思うなんて、愚かよね」

「叶わぬ恋でも、他の恋とおなじく恋は特別です。それを大事にすることは愚かだとは思いません」

断言すると、中宮の顔に華のような笑みが浮かぶ。

いつもの彼女とは少し違う、儚げで美しい笑みに千早は思わず見惚れた。

「中宮様の笑ったお顔は本当に素敵ですね」

「まあ、千早は口が上手いわね」

「私は事実しか申しません。色々と気を煩う事もあるとは思いますが、何かあればいつでも相談なさって下さい。その綺麗な笑顔が陰るところは見たくありませんので」

世辞ではないと信じて欲しくて、千早は一生懸命言葉を重ねる。すると中宮は、更に笑みを深めてくれた。

「あなたが殿方だったら、惚れてしまいそうな言葉だわ」

「時々思うのですが、私は生まれを間違えたのかも知れません」

その言葉の裏にある、女らしい振る舞いが出来ない事への拗ねた気持ちを読み取ったのか、中宮は慰めるように千早の頭を撫でた。

「私も、千早に色々と作法を教えてあげる。だからちゃんと、無事で帰ってきてね」

どこまでも優しい言葉に感じ入りながら、千早は頷いた。

「ご安心下さい。和歌は詠めませんが、敵の動きを先読みするのは得意なのです！」

胸を張る千早がおかしかったのか、中宮は声を上げて笑った。

その笑顔がいつまでも続けば良いと、千早は思わずにはいられなかった。

「なんだか、ずいぶん張り切っているな」

夕刻、支度を調えた千早を迎えに来た清雅が、まじまじと彼女を見た。

いざというときのために、千早は動きやすい狩衣を纏い腰には太刀を下げている。

おろしていた髪も一つに結えば、久方ぶりに大きく息を吸えた気分だ。

「久しぶりに得物を手にできて、心が高揚しているのかもしれない」

腰に下げた太刀は左京があつらえてくれた千早だけの相棒だ。刃の付け根には破魔の力を高める桜の紋が刻まれている。持ち手も桜にあやかった薄紅色で、鞘(さや)は少し濃いめの朱色である。

人はもちろん怪異をも切れる刀は『桜花刀(おうかとう)』と呼ばれるが、その中でもひときわ美しいと褒められる自慢の相棒だった。

「今まで仕舞い込んだままでごめんな『桜太夫(さくらだゆう)』」

そう言って相棒に頬ずりすると、清雅が恥ずかしいものでも見たような顔をする。

「まさかお前、刀に名前を……」

「おかしいか？」

「おかしい」

「でも景時もつけていたぞ」

刀はもちろん、木刀などにも必ず名前をつけていた。それをまねて、千早も自分の得物には名前をつけると決めている。

「その男が恥ずかしいんだ。だからやめておけ」

「恥ずかしくない！　それに景時は名前をつける才能もすごいんだ！　暗黒雷光丸(あんこくらいこうまる)とか、疾風龍神丸(しっぷうりゅうじんまる)とか、どの刀にも格好いい名前がついていた」

そう言った途端、清雅が咽(む)せるように咳(せ)き込む。

大丈夫かと千早は心配するが、その気遣いを無視するように彼の視線が鋭くなる。

「その記憶は忘れてやれ。あと、絶対に言いふらすんじゃないぞ」

「なぜだ？」

「都の武士は武器に名前などつけない。お前の景時も、つけたことを恥じているはずだ」

絶対そうだと断言されると、なんだか少し寂しい気持ちになる。

「愛刀の名前を聞くの、楽しみにしていたのに……」

「どうせなら別の近況を聞け」

刀の名前だけは聞いてやるなと言われ、千早は渋々頷いた。

そんな話をしながら、二人は隠し通路を通り朱雀院へと向かった。

上皇たちが住んでいた御所だけあり、院はとても広い。しかし建物の多くは朽ち果て、分け入るのも困難なほど草木が生い茂っていて荒野のような有様だ。

隠し通路の入り口があるのは、侍所（さぶらいどころ）のようだったが、そこも崩れかけていた。長居するのは危険だと判断し、二人は侍所が見える蔵の陰に身を潜めることにした。

こちらも朽ちているが、屋根や柱はまだしっかりと残っているだけましだろう。

――それにしても、やはりここは気の流れが悪い。

見たところ悪霊などはいないようだが、悪い気がたまり妙に冷えている。

思わず周囲をキョロキョロと見回していると、落ち着けというように清雅が千早の肩をたたいた。

「調べでは、一月ほど前に陰陽師たちが祈禱を行ったばかりのようだ。人はともかく、怪異は現れまい」

「でも、なんだか息が詰まって……」

思わず押さえた胸の中を、嫌なものがざらりと撫でていくような感覚を覚える。

――この感じ、久しぶりだ。

千早は怪異が見える分、悪い気の影響を受けてしまう。

幼い頃はそれが顕著で、悪い気に染まった身体は悪霊の格好の餌食であった。

その上こうした体質の者は、より深く霊と魂が溶け合ってしまう。

そうなると身体も心も乗っ取られ、自分というものがなくなってしまうことさえあるのだ。

それはかつて内裏にあった『人柱』に近い状態で、それほどまで深く身体に入られると、一見しただけでは悪霊に取り憑かれているとはわからない。

――あのときは景時がすぐに見抜いてくれたけど、ここにはいない。もし乗っ取られたら、自分でどうにかしないと……。

そのためにももっとしっかりせねばと思うが、あまりにこの場の気配は禍々しい。

歯を食いしばり、必死に耐えていると、不意にぽんと大きな手が頭に乗る。

驚いて顔を上げると、清雅が片方の手で祓いの印を結び、呪文を唱えていた。

途端に、千早の身体を暖かな空気が包む。胸もすっと軽くなり、一瞬だが胸のあたりにぼんやりと光が灯ったようにも見えた。

「一時的なものだが、魔を祓う加護をつけた」

「すごい、景時みたいだ」

思わず口にすると、途端に嫌そうな顔をされる。

「今のはものすごい褒め言葉だぞ。素晴らしい武士と似ていると言ってるんだ」

「素晴らしい武士は、絶対に言いすぎだ」

「いや、景時はすごいんだ。今の清雅みたいに、私が悪霊に取り憑かれる度に祓ったり加護をつけてくれたりして、まじないの才能も抜きん出ていた」

「霊を祓ったり加護をつけたりするくらい、誰にでも出来るだろう」

「それだけじゃないぞ！　術でも祓えない悪霊とも、命がけで戦ってさえくれた」

それも一度や二度ではなく、そのせいで左目に大きな傷を負った時でさえ『気にするな』と笑うような心の広い男なのだと千早は力説する。

「お前にはそう見えていただけで、嫌々やっていたかもしれんぞ」

「そんなわけがない。景時は私を大事にしてくれたし、だからこそ景時と生きると決めたのだ」

そしてそのために手柄を立てるのだと千早は意気込むが、清雅は白けきった様子である。

「明星様が、景時と会わせてくれるとは限らないと思うがな」

意気込む千早に清雅は水を差すが、彼女は彼の言葉を笑顔で弾き返した。

「明星殿はちゃんと会わせてくれるよ。性格も女癖も距離の詰め方もおかしいが、あの人は悪い人ではないからな」

断言する千早に、清雅がふっと優しく笑う。

「ずいぶんと仲良くなったのだな」

「まあ口づけもされかけたしな」

「は？」

息を呑む清雅に、千早は昼間のことを話す。

途端に、痛む頭を押さえるように彼は額に手を当てる。

「……妙な宣言をしていると思えば、そんな理由があったのか」

「明星殿は、ああみえて結構非常識なんだな」

「……ああ、非常識なんだ」

そういうところに、清雅も手を焼いているのだろうと千早はなんとなく察する。

「でもお前で良かったよ。明星様にははっきり物を言い、叱ってくれる人が必要だと常々思っていたからな」

「みな、彼が何をしても叱らないのか？」

「叱らないな。だから色々と誤解され、痛い目を見る」

「なんだか、目に浮かぶよ」

しみじみ言えば、清雅が小さく噴き出す。

仮面で顔の半分は見えないけれど、なんとなく優しい笑顔を浮かべているような気がした。

一度、その優しい笑顔を見てみたいなと、千早はぼんやり思った。

「……あなたは、明星殿に優しいな」

「今は周りにも慕われているが、かつてあの方に優しくするのは俺くらいだったからな。自分だけは優しくしてやろうという気持ちが、今も消えないのだ」

「なあ、もしや明星殿は私にしたようにむやみやたらに口づけをしようとするのか？　だから嫌われたのか？」

尋ねると、清雅が再び笑った。

「さすがにむやみやたらにはしないさ。彼が自分から触れに行くのは、親しくなりたい相手にだけだ」

「じゃあ、清雅殿も口づけをされたか？」

「冗談はよしてくれ」

さすがに男にはしないと、清雅は慌てて否定する。

「ただ距離は近いな。明星様は、好ましいと思う相手との距離が時々おかしくなるのだ」

「たしかに、友達を飛び越えていきなり恋人になろうとか、色々おかしいな」

「おかしいが、どうか見捨てないでやってくれ」

「友になると言ったし、発言を撤回したりはしないよ」

それに昼間のことと清雅の言葉を重ねると、彼の距離の近さは好意の表れなのだ。

好きだと言われるたび、千早はずっと彼にからかわれているのだと思っていた。

自分は女らしくないし、女房としてもままならない。それを面白がり、さらにおかしな事をさせるために、好きだと言っているのだと思っていた。

でも多分、彼は自分を好いてはいるのだ。ただそれは男女の情愛ではない。明星は、そうしたやり方でしか距離を詰められない男なのだ。

「まあ、急に口づけをしてくるのは勘弁だけどな」

「それは、全力で避けてくれ」

「もちろんだ。私が男としてみているのは、景時だけだからな」

断言すると、清雅の目がほんの少し寂しげになる。

「本当に、お前は一途(いちず)だな」

「ああ。永遠に私には景時だけだ」

「だがもしも——」

清雅は何か言いかけたが、言葉はそこで途切れた。

代わりに、何かが草を踏みしめる音が微かに響く。耳の良い千早でもようやく聞こえた程度だが、清雅の方はもう位置さえつかんでいるらしい。

彼の視線の先を追えば、人目を忍ぶように歩いてくる人影が四つ見えた。

「やったな清雅殿。初日から大当たりだ」

「ああ、運が向いているようだ」

潜ませた二人の声は、僅かに弾んでいた。

相手の素性がわからず、次いつ現れるかの見当もつかなかったため、しばらくは毎晩ここに身を隠すことになると思っていたのだ。

二人して声を抑えて笑い合っていると、影は通路のある侍所へと向かう。

声を掛け合うまでもなく、千早と清雅は気配を殺しながら歩き出す。

清雅が前を、千早が後ろに続き、それぞれ上手く身を隠しながら歩みを進めた。

――清雅殿は、気配を隠すのが本当に上手いな。

そして隙も無駄もない。だから言葉がなくても、自然と呼吸もあう。

退路を塞ぐように二手に分かれた時も視線一つで意思疎通が取れたし、まるで二連のように二人の動きはぴたりと合っていた。

それに心地よささえ覚えていると、影たちが何やら騒ぎ出す。

「おいっ、扉が開かねぇぞ！」

「こりゃ何だ、鍵か？　誰がかけた！」

念のためにと、戸口を鎖と鍵で塞いでおいたのが功を奏したらしい。

影たちは慌てふためき、状況を確認しようと油断している。

この隙に、二人はぐっと近づき太刀を抜いた。

「お前たち、何者だ！」

清雅の凜とした声が響くと、影がこちらを振り向いた。

月明かりの下に晒されたその顔は、妙に白い。

──でも、やっぱり悪霊じゃない。

悪霊を思わせる不気味な顔をしているが、多分あれはおしろいだ。服などもボロボロに見えるが、その下の身体はどう見ても人の物である。

「妙な化粧までして、内裏に何のようだ？」

千早が鋭く言うと、男たちは慌てて太刀を抜く。

「お前ら検非違使か⁉」

その問いかけに、千早はなんと言えば良いか迷う。

今の自分を何と称するべきだろうと考えていると、代わりに清雅が太刀を片手に一歩前に出た。

「冥の中将、と言えばわかるか？」

その名前と、暗がりから出た清雅の姿を見て、男たちは戦いた。

下手な化粧をしている男たちより、清雅の方がよっぽど恐ろしい物に見えたからだろう。

情けなく震え出すものも多く、清雅の気配に完全に押されている。

「冥の中将にかなうわけねぇ、逃げよう兄貴……！」

もはや戦う気もないのか、男たちはこの場から逃れようとバラバラに走り出した。

とはいえ退路に近いのは千早たちの方である。

「逃がすわけがないだろう！」

まずは千早が太刀を構え、かけてきた男の一人を峰打ちで倒す。

更にもう一人の首に素早く一撃を食らわせれば、あっけなく勝負はついてしまう。

わざわざ愛刀まで持ち出したのに、あまりに手応えがない。

がっかりしながら振り返ると、清雅の方もすでに勝負はついている。

「さて、素性を吐いてもらおうか」

兄貴と呼ばれていた大柄な男を、清雅は片腕でつかみ、軽々と持ち上げている。

圧倒的な力の差に、男は完全に呑まれている。あわてて刀を放り出し、涙で化粧を落としながら助けてくれと希っていた。

戦意を喪失したと気づいたのか、清雅は男を投げ捨て手早く縛り上げる。

他の者たちも縛り上げてしまえば、朱雀院には再び静けさが戻った。

泣いていた男もようやく落ち着いたが、涙のせいで顔が酷いことになっている。

しかし素性は明かしたくないのか、必死に閉ざした口がへの字になっていた。

なんとも情けない顔を笑わないようにこらえながら、千早は男の姿をまじまじと見た。

顔についた刀傷や縛られた手のタコを見るに、男は剣の心得があるらしい。

服から覗く腕や胸にたるみなどはなく、今なおしっかりと鍛えているのがわかる。

その筋肉の付き方が内裏で見た武人たちとよく似ていることに気がついた。

それにボロボロになってはいるが、纏っている服は武官の物のように見えた。

――もしや……。

そこで千早は、ハッと気がつく。

「お前らはやめさせられた衛士か？」

問いかけに、男たちは驚き息を呑んでいる。図星を指されたような顔を見るに、千早の読みは当たっていたらしい。

「え、衛士なわけがないだろう……」

それでも男はしらを切ろうとするが、筋肉の付き方や服装――そして近衛府で起きている騒動のことを照らし合わせればそうとしか思えなかった。

そして清雅も、千早の意見を信じたらしい。

「……確かに、お前の見立て通りなら、こいつらは内裏の事情にも詳しいだろう。隠し通路の事を知っていてもおかしくないな」

そこで男はぎょっとした顔で固まる。どこまでも嘘をつけない男だと千早が呆れていると、清雅が口元をにやりと歪めた。

「元衛士ならば記録がある。近衛府でお前の素性を改めて調べようか」

「や、やめてくれ……それでは風早の中納言に迷惑がかかる！」

ようやく覚悟が決まったのか、男は慌てて己の素性を語り出した。

男の名は颪忠直、千早の読み通り去年までは近衛府に勤め将曹であったそうだ。

しかし近衛府が裏椿の家に牛耳られたことで、多くの仲間共々役を解かれてしまったらしい。

「仕事を失い、俺も仲間もみな食うに困るようになった。そんな折、昔の部下からこの隠し通路の話を聞いたのだ」

この隠し通路は、一部の女御や女房には周知の物だった。ここをつかってお忍びで洛中に出たり、思い合った相手をこっそり忍び込ませていたらしい。

それを聞いた忠直は、この通路を用い一矢報いると決めたのだそうだ。

「宵壺には、様々な物品が無造作に置かれている。役を解かれ、金もなくなって同志と共にそれを盗んで金に換えていたのだ」

「じゃあ、内裏に忍び込んだのは盗みのためか？」

「ああ、そうだ。曰(いわ)く付きの場所故、悪霊のフリをすれば腰抜けの衛士どもはすぐ逃げ出す。故に堂々と物を盗めたのだ」

おしろいを塗り、ボロボロの服を纏っていたのも悪霊だと思わせるためだったのだろう。そうしたものを見慣れた千早や清雅からしたら呆れるような格好だが、腑抜(ふぬ)けの衛士たちの目には恐ろしい姿に映ったに違いない。

「盗みが発覚しても、人の手によるものだとなれば問題になる。それを今の大将が許すわけもないし、悪霊のせいにしておとがめもなしだとふんだのだ」

「だとしても、女を攫(さら)うのはやり過ぎだろう。物ならともかく、生きた人だぞ」

清雅が強い口調で言えば、忠直は妙に間の抜けた顔をする。

「俺たちは、女など攫っていないぞ」

「嘘をつくな、もう四人も消えているのにこれ以上隠し通せると思うな」

「本当だ。賊には落ちたが武士の端くれ、人攫いなどには手は染めぬ」

賊に身を落としたのだって、家族を飢えさせない為(ため)なのだと訴える忠直を、千早はじっと見つめる。戸惑ってはいるが、嘘をついているようには見えなかった。

「清雅殿、多分この人は嘘をついていない」

「なぜわかる」

「嘘をついている仕草が、一つもないからだ」

人は嘘をつくと、顔の筋が強ばったり目が泳いだりする。そうしたものを見抜くのも千早の得意なことの一つだが、忠直の顔に嘘の気配は欠片もなかった。

「……ならば一体誰が……」

清雅が小さくこぼした瞬間、突然どんっと大きな音がする。

音の方を見ると、千早たちが鎖を巻き鍵をかけた隠し通路の扉が、不気味に跳ねている。

誰かが内側から戸を破ろうとしているのだと気づいた瞬間、激しい衝撃で鍵と鎖が弾けた。同時に木戸の片方が飛び、不気味な殺気がじわりと滲み出す。

武士の端くれである忠直もそれに気づいたようで、身をよじりながら草木の陰に身を潜める。その情けなさを笑う余裕もなく、それは突然現れた。

──この気配、もしや昨日の……。

木戸からゆっくりと出てきたのは、人とは思えぬほど大柄な男だった。

狩衣を纏っているが烏帽子はなく、長く白い髪が風で不気味に揺れている。

「お、鬼だ!!」

叫んだのは、忠直だった。

彼が震え上がるのは、無理もない。

月明かりの下に出てきた男の額には、角のような物さえ見える。そして気配も、悪鬼のものにとてもよく似ていた。

——でも似ているが、違う。

見かけはまさしく鬼なのに、男には人の気配も残っている。それが逆に不気味で、千早は太刀を構えた。

「お前は下がれ」

しかし清雅が、男と千早の間に割って入る。

「鬼ならば、私でも斬れる」

「いや、あれはお前の手に負えるものではない」

だから下がれと言うと同時に、清雅が太刀を手にかけ出した。

男もまた太刀を引き抜いたが、なぜだかその目は清雅ではなく千早に向けられている。

冷え冷えとした眼差し(まなざ)しにぞくりと背筋が震えた直後、男の姿がゆらりと消えた。

「千早!!」

清雅が、名を呼ぶ。

焦りを帯びたその声に戸惑った瞬間、すぐ目の前に黒い影が降り立った。

『彼女のために……彼女のモノを奪おうとする女は……斬らねば……』

魔を帯びた声が耳朶(じだ)を打ち、千早は咄嗟(とっさ)に太刀を持ち上げる。

ガキンと音がして、腕がしびれるほどの衝撃が走った。見れば男の太刀が、千早の首すれすれまで迫っている。

「くそっ……負けるか……！」

力を振り絞り、刃をはね上げようと千早は力む。だがそこで、千早はあることに気づく。

――この鬼……目に……傷がある……。

傷は景時のものとよく似ていた。それによく見れば背格好にも類似点が有り、千早は息を呑む。

――まさか、この鬼は景時……なのか？

あり得ないと思いたかったが、確信が持てない。そしてつい男を観察することに気を取られ、抵抗する力が僅かに鈍った。

途端に男はさらなる追撃を加えてくる。

「離れろ！」

押し負けそうになったところで、清雅が男に向かって剣を薙いだ。

鋭い一線は男の頬を抉り血が出たが、恐ろしい眼差しはなおも千早から離れない。

――こいつ、私しか見ていないのか。

それが恐ろしく、恐怖から僅かに姿勢が崩れた。次の瞬間もう一度刃をたたき込まれそうになったが、清雅の手が男の太刀を跳ね上げた。

そしてかばうように、男と千早の間に身体を滑り込ませる。

「……ぐっ！」

肉が断たれる嫌な音がして、千早を抱いた清雅の口から苦悶（くもん）の声がこぼれる。

そのまま二度、三度と振り下ろされる刃を、千早は清雅の肩口から垣間見（かいまみ）た。

男は、嬉（うれ）しそうに笑っている。ゆらゆらと揺れながら剣を振る動きは、明らかに楽しんでいる。ひと思いに殺さずに、痛めつけて楽しもうという歪んだ感情が、その顔には浮かんでいた。

「やめろ、やめてくれ！」

咽（む）せるような血の臭いに、千早は悲鳴を上げる。

このままでは清雅が死んでしまう。そう思って彼の腕から逃げだそうとするが、逞（たくま）しい腕は千早を守るように抱いたまま離れない。

「清雅殿、腕を……!!」

「放すものか……ッ」

斬撃（ざんげき）によって烏帽子と髪結いが斬られ、長く白い髪が千早の方へと流れ落ちた。男と同じ、不気味な色の髪を血で濡（ぬ）らしながら、仮面の下から清雅が千早を見る。

「それに、化け物なのは……、俺も同じだ……」

激しい痛みを感じているはずなのに、清雅の顔が僅かにほころぶ。

仮面から覗（のぞ）く彼の瞳（ひとみ）が、赤く光ったように見えたのはそのときだ。瞳孔（どうこう）が獣のように細まり、笑うように開かれた口から牙が僅かに覗く。

――清雅殿の気配が、変わっていく……。

傷を受ければ受けるほど、濃い魔の気配が立ち上る。千早が大きく瞬いた次の瞬間、彼の身体がぐっと大きくなったように見えた。

「……鬼、だ……」

千早は、小さな悲鳴をこぼしてしまった。

怪異には馴染みがある彼女でさえ正気でいられぬほど、清雅の気配は禍々しかったのだ。

その声にほんの少しだけ顔を歪めてから、清雅は千早を守っていた腕を真後ろに薙いだ。

途端に激しい悲鳴を上げ、男が背後に転がる。

その脇腹は、酷くえぐれていた。骨さえも見える深手に千早が恐る恐る清雅を見れば、血に濡れた右腕の先には鬼の様な鋭い爪が伸びている。

清雅は千早に背を向け、ゆっくりと男の方へと歩き出す。

その背中には傷がない。あれほど深く、何度も斬られていたはずなのに、裂けているのは衣だけだった。

――やはり、清雅殿は鬼なのだ……。

出会ったときから、千早は清雅に強い違和感を覚えていた。

最初に感じたあの禍々しい気配は、間違いではなかったのだ。

悪鬼は一瞬で血を固め、傷を癒やす力があると言われているが、まさしく同じ事が清雅の身に起きている。

また傷に強いのは、男も同じだったようだ。

見る間に傷が塞がる脇腹を押さえながら、立ち上がった男の目もまた赤く光っている。

しかしその目には確かな怯えがあった。角がある分男の方が鬼に近く見えるが、彼は清雅を恐れている。

そして男は取り落とした太刀を慌てて拾い上げ、すさまじい跳躍力で後方へ飛び退いた。

廃屋の屋根に跳び上がり、足場の瓦を砕く勢いで更に跳んだ男の姿は、瞬く間に闇夜へと消えていく。

清雅はそれを、追わなかった。いや、追えなかった。

「……う、ぐ……」

苦しげに震えながら、清雅はその場に膝をつく。

左手で地面に爪を立て、もう片方の手で胸をきつく押さえながら、彼は獣のような咆哮を上げた。

その身体から禍々しい陽炎のようなものが立ちのぼり、あたりの空気が咆哮に合わせて震える。

同時に、少し後ろで何かが倒れる音がした。

驚いてみれば、忠直が顔を地に伏せ倒れていた。

咆哮と共に放たれた凄まじい圧と魔の気配に、彼は耐えられなかったのだろう。

千早はなんとか自分を保っていたが、それでも身体がガクガクと震える。

その間も、清雅は苦しげに喘ぎ悶えていた。

助けなければと思うのに、彼の纏う禍々しい気配が彼女を恐怖に縛る。

ただただ立ち尽くしていると、不意に側の茂みが動いた。

「……清雅！」

飛び出してきたのは、明星であった。彼の姿を見たことで千早の震えは少し収まったが、清雅に近づくことはまだできない。

そんな彼女に代わり、明星は清雅に駆け寄ると、懐から丹薬のような物を取り出す。それを竹筒に込めた水と共に清雅に飲ませながら、明星は千早を見た。

「一体何があった？　清雅は、何と戦ったのだ？」

「……男だ。鬼のような、恐ろしい怪力の……」

「ようなということは、人か？」

「わからない。ただ、べらぼうに強かった」

清雅が助けてくれなければ、千早はきっとやられていた。それを今更思い出し、再び心に恐怖が滲む。

「ひとまず、清雅を屋敷に連れ帰る。その男たちはたぶん朝まで起きないだろうから、あとで誰か人を送ろう」

明星が告げる間に、清雅の呼吸はだいぶ落ち着いている。

あのおぞましい気配も消えつつあるが、「手を貸してくれ」という明星の声に千早はまだ動けなかった。

立ち尽くす彼女に明星が眉(まゆ)をひそめたが、彼が何か言うよりも早く清雅がゆっくりと立ち上がる。

「……ひとりで、戻れます」

「しかし、お前酷い顔色だぞ」

「むしろ、一人にしてください。……誰かが側にいると、喰(く)らいたくなる」

明星を突き放すように立ち上がった彼は、次の瞬間目の前から忽然(こつぜん)と消えた。

先ほどの男のように跳んだのかもしれないが、千早の目でさえその姿は追えなかった。

「あれは、なんなのだ……」

清雅が消えた後、千早は思わず尋ねる。

「私の友を『あれ』などというな」

「しかし、あんなに禍々しい鬼は……」

「清雅は清雅だ。お前だけはあいつを鬼などと言うな！」

どんなときでも穏やかだった明星が、激しい言葉を千早に叩き付ける。

そして千早から顔を背け、口惜しそうに息を吐いた。

朱雀院での騒動の後、忠直を中心とする盗人たちは、人知れず捕らえられ罰を受けることとなった。

地下の通路は近いうちに埋め立てられるそうだが、そこを人が出入りしていたという事実は表には出さないと決まったらしい。

そんな顛末を、明星が千早に教えに来たのは騒動の七日後であった。

朱雀院から帰ってきてからずっと、明星も清雅も姿を見せなかった。

明星からは『騒動については口外すべからず。鬼を警戒し、しばらく中宮の護衛をせよ』という内容の文は届いたものの、彼は騒動の後始末に負われているらしく連絡が途絶えていたのだ。

それを不安に思いつつ、過ごした七日は酷く平和だった。

あれ以来鬼の気配はなく、誰かの気のせいから広まった悪霊の噂は消えていくだけである。

七日が経った頃、夜の見回りに出ようとした千早の元に、ふらりと明星が現れた。

そして人の来ない黎明殿に呼ばれ、ようやく事件の顛末を聞くこととなったのである。

「今回の件はすべて悪霊の仕業にせよというのが帝のお言葉だ。故にお前も、余計なことは言うなよ」

事実が知られれば責を負う者が出る。ここでまたもめれば近衛府は完全に機能しなくなり、貴族と武士の間に再び波風も立つと帝は考えたらしい。

とはいえ近衛府の状況を看過するわけにもいかないため、今後近衛府を二つに分け、片方を裏椿に、もう片方を再び風早の中納言にまかせ警備を強めるつもりのようだ。

解雇された者たちも呼び戻し、組織の立て直しを図ることになったと明星は告げた。

ならばひとまず問題はなさそうだが、忠直たちを思うと千早の胸は重くなる。

「それがもう少し早く決まっていれば、賊におちた者もいなかったろうに……」

「逆に彼らの罪があったからこそ、風早の中納言を呼び戻す理由が出来たのだ。今回のことを表沙汰にしないことと引き換えに、裏椿の者たちも案をのむだろうしな」

万事上手くいくわけではないが、状況が良くなるだけましだと明星は結んだ。

その顔はどこか疲れているように見え、それ以上の事は尋ねられなかった。

千早には政治のことはよくわからないが、たぶん明星は騒動の後始末に苦心したに違いない。

「……ひとまず私たちの仕事は終わりだ」

「しかし、あの鬼はどうする」

「清雅が動けぬ今、私たちは中宮を守るだけで手一杯だ。鬼については陰陽寮も動くというし、そちらに任せれば良いだろう」

ため息交じりの声に、千早ははっと明星を見る。

「動けないということは、清雅殿の具合は良くないのか？」

「……あいつを、心配する気になったのか？」

皮肉のこもった声に、千早の胸が小さく痛む。

「あのときは、私もあの禍々しい気配に臆していたのだ。……命をかけて守ってくれた相手を、恐れるべきではなかったと今は思っている」

感じるより先に身体が清雅の圧に屈し、千早は情けなく怯えてしまった。これまでにも彼が人でない可能性は感じていたし、それを気にしている様子も見ていたのに、恐怖に負けた自分が今は腹立たしい。

「清雅殿に謝りたいが、しばらくは会えないか？」

「まだ床に臥している。……それに、起きたとしてもお前に会いに来るかはわからぬ」

「……やはり、嫌われてしまっただろうか」

自分でも驚くほど気弱な声がこぼれると、明星が僅かに驚いた。

「清雅に嫌われたくないと、そう思っているのか？」

「自分でも驚いているが、そうらしい」

彼のことは、腹立たしい男だと思っていた。出会った頃の態度を思い出すと、今だって苛立ちをおぼえる。

でも彼はそれだけの男ではない。時には優しく、励ましてくれたところもあった。

だから、千早は彼を嫌いにはなれないのだ。

「もしや清雅が、好きなのか？」

尋ねられて、千早は少し考え込む。

「すくなくとも、明星殿よりは好きかもしれない」

「その言い方はないだろう」

「だって、清雅殿は距離を詰めるために口づけをしたりはしない」

「あれは、反省しているよ」

慌てる明星を見て、千早は小さく笑う。

「悪気がないのはわかったし、もういいよ。清雅殿もあなたに悪意はなかったと言っていたしな」

千早が言えば、明星はほっとした顔で笑った。

それを見ていると、暗い気持ちが少しずつ晴れていく。

思えば七日ものあいだ、明星や清雅と会わなかったのは初めてだ。その間も椿の典侍の言いつけで忙しくしていたけれど、ふとした瞬間重い気持ちになったのは二人に会えない寂しさがあったからかもしれない。

──私は二人のことが、結構好きなのかもしれない。

それを口にすれば調子に乗りそうなので黙っておくが、二人と縁が切れてしまうのは嫌だと千早は思う。

「なあ、清雅殿に文と謝罪の歌を送りたいんだが届けてくれるか？」

「清雅に謝りたいと思ってくれたのは嬉しいよ」

「非礼を詫びるのは当たり前のことだろう」

「でもあの姿を見た者はすべからく、彼との縁を切りたいと願うからな」

それも無理のないことだと、千早は思う。

同時に、改めて清雅はどういう男なのだろうかという疑問が胸に去来する。

清雅のことを鬼と言うなと明星は言った。けれどたぶん、彼は人でもないのだ。

怪異を見ることの出来る千早だからこそ、彼が普通ではないことに気づいてしまう。

「清雅のことが、気になるか？」

千早の思惑を見透かしたように、明星が尋ねた。

「気にならないと言えば嘘になる。でも清雅は清雅だと明星殿は言ったし、今は気にしないことにする」

　当人のいないところであれこれ詮索(せんさく)するのは好きではないし、今まで伏せられていたということは知られたいことではないのだろう。

「だからまずは、文を送ってみる」

「それがいいかもしれないな。酷(ひど)い歌を見れば、あいつも笑ってお前を許すだろうさ」

「書く前から酷いと決めつけるなよ」

　言いつつも声には自信のなさがにじみ出ていて、明星はそれを笑った。

　失礼だと憤慨しつつも、彼のように清雅が笑ってくれれば良いという思いで、千早は筆を執ろうと決めたのだった。

【幕間】

胸の痛みに目を覚ますと、辺りはもうすっかり暗くなっている。

一体どれほど自分は眠っていたのかと思いつつ身体を起こし、清雅は少し咳き込んだ。

息苦しさは胸の痛みを引き寄せ、慌てて枕元に置いてあった丹薬に手を伸ばす。

袋に入っていた薬をわしづかみにし、清雅はあおった。水もなく飲み込み目を閉じれば、少しずつだが不調は治まりつつあった。

「……お前、さすがにそれは飲み過ぎだぞ」

たしなめる声に目を上げると、明星がゆっくりと部屋に入ってくる。

「これでも、足りないほどです」

「あまり飲むと、くせになる」

「どのみち、もうこれなしでは生きられませんよ」

諦めたように笑って言えば、明星が不満げな顔で側に座した。

「私は、どれほど眠っていましたか？」

「九日だ」

「すべては片付きましたか？」

「概ね。お前と争った鬼と、姿を消した女房の行方は未だつかめていないが」

明星の言葉に、清雅は朱雀院でのことを思い出す。そこで千早の顔がよぎって浮かない顔になると、「ほれ」と何かを差し出された。

「なんですか、この……魚臭い紙は」

「小鬼からの文だよ」

「……千早から？」

「匂いを焚き染めるのだと言ったら、あいつ魚を焼く煙を焚き染めたらしい。美味しい匂いをかいで、早く元気になって欲しいのだそうだ」

なぜそんな考えに至るのかと呆れる半面、自分の回復を願ってくれていることに喜びを覚える。

それから中をそっと開き、清雅は更に笑みを深めた。

「字が汚すぎて酷い」

「歌らしいぞ。添削をしてやろうかと思ったが汚すぎて読めなかった」

「これは、普通の人には読めないでしょうね」

「お前は読めるのか？」

「昔、知り合いに悪筆がおりましたので」

言いながら文に目を落とすと、彼女らしい無骨な文面で元気になって欲しいと書いてある。

――それに、これは謝罪か。

朱雀院で足手まといになってしまったこと、助けてもらったのに礼を言うどころか怯えた顔を見せてしまったことを深く悔やんでいると文にはあった。

そしてあまりに酷い歌も、最後には綴られている。

「その歌、なんてかいてあるんだ？」

「あの子のためにも、伏せておきます」

「そんなに酷いのか」

同意はしなかったが、その酷さにはなんとなく察しもついているのだろう。明星は笑いながら、紙と筆を持ってくる。

「なら、酷すぎると返事をしてやれ。なんなら、お前の下手な歌を贈ってやると良い」

明星の言葉に頷き、清雅は筆を執ろうとした。

だが伸ばした腕の先をみて、彼は動きを止める。

「……いえ、やはりやめておきます」

清雅の手は、未だ異形のままだった。

人ではない手では筆は握れない。握るべきではないと、彼は思う。

「しかし返事がないと、小鬼は悲しむぞ」

「謝罪は受け取ったとだけ、お伝え下さい」

「自分で伝えればいいだろう。あいつは、お前が人ではないと薄々知りながらも、これを書いたのだぞ」

明星の言葉に、清雅の胸に喜びが滲む。

清雅は、人から遠ざかってしまった者だ。まだ人ではあるが、それを失うのも時間の問題なのだ。

そんな彼を人々は恐れる。あるがままの自分を受け入れてくれるのは、明星ただ一人だ。そこに千早が加わってくれたらとは思うが、その願いは危うい感情を目覚めさせかねないと清雅は感じていた。

――主以外への関心は禁忌だ。そしてこのままでは、俺はいずれその禁忌を犯してしまう気がする。

実際、鬼のような男に襲われた千早を、清雅は命がけで救ってしまった。

本来彼の力は明星以外のために使ってはならない。そして異形の姿も、見せてはならぬという掟に彼は縛られているのだ。

しかしそれを、清雅は千早のために容易く破った。そして同じ間違いを、もう一度繰り返す確信もある。

「異形の姿を見られた以上、二度と彼女の前に姿を見せるつもりはありません」

「だが、小鬼は……」

「冥の中将となったあの日から、私はあなた以外の誰かと深く関わってはいけなかった。それを忘れていたことを、明星様は咎めるべきです」

清雅の言葉に、明星が筆と紙をそっと枕元に置いた。その顔には、僅かな苛立ちがうかんでいた。

「むしろお前が私を咎めるべきだよ。すべてを捨てさせたのは、私なのだから」

「それしか道がなかったのだから、仕方のないことです」

「仕方ないと、その一言だけで片付けられるのか？」

「今までも片付けてきたのです。これからも、それは同じです」

「……あの子は、別だと思うがな」

「片付けますよ。絶対に」

揺るぎない決意を込めたはずなのに、こぼれた声はどこか弱々しい。

それを情けなく思いながら、清雅はもう一度心の中で決意の言葉を繰り返した。

第三章　小鬼、冥中将の秘密を知る

なんだかこのところ、日々空気が重くて気が滅入(めい)る。

それはどんよりと曇った空のせいか、内裏に潜む不穏のせいか。

――それとも、ちっともこない返事のせいだろうか。

などとぼんやり考えながら、千早(ちはや)は明かりを手に暁紅殿(ぎょうこうでん)をぼんやり歩いていた。

このところ宮中では『悪鬼を見た』という話がやたらと出ており、日が暮れてくると女房たちは皆部屋にこもってしまう。そのため夜の見回りやお使いは、もっぱら千早の仕事となっていた。

――あと、椿(つばき)の典侍(ないしのすけ)がおとなしいのも気が滅入る原因かもな。

以前は千早が粗相をするたび飛んできた典侍が、近頃は全く近づいてこない。今日も体調の優れぬ女房のため典薬寮(てんやくりょう)から薬を取ってこいと言われたが、普段はつく小言がなにもなかった。

「それどころか『暗いから気をつけて』なんて、椿の典侍らしくないよなぁ」

とはいえ、彼女が一声かけたくなる気持ちもわからなくはない。

　悪霊が出るという噂は日に日に増えており、わざわざ典薬寮まで出向くのも宿直の医師が何かと理由をつけて来訪を断ってくるからだ。とくに暁紅殿はここ半年悪い噂が絶えなかったから、夜はことさらつれなくされる。

――でも優しい言葉をかけられると、何だかなぁ。

　失礼なことを思ってしまうくらい、叱られるのが当たり前になっていた千早は、軟化した典侍に落ち着かないのである。

「でも、もしかしたら私の作法に叱るところがなくなっているのかも……」

「大股でドカドカあるいておきながら、よくそんな考えに至るね」

　独り言に返事がきて、千早はうわぁと飛び上がった。

　見れば正面から、見慣れた顔がこちらへ歩いてくる。

「こんな時間に、いったい何をしているんだ？」

「ちょっと梅宮の女御によばれてね。それにしても私の気配に気づかないなんて、今日の小鬼はずいぶん抜けているね」

「確かに、明星殿の気配に気づかないなんて気を抜きすぎていた」

「憂い顔だが、今度こそ悪霊でもでたのかな？」

「むしろ出て欲しいくらいだよ。噂ばかりで何も起きないから、どうにも落ち着かない」

　念のためにと見回りはしているが、内裏は驚くほど静かだ。

通りすがりの霊や物の怪さえ現れず、逆に不気味なほどである。

「たしかに、平和すぎるね近頃は」

悩ましげな顔で辺りを見回しながら、明星は腕を組む。

「嵐の前の静けさでなければ良いが……」

薬箱を抱えながらため息をついてから、千早は探るように明星を見つめる。

「悪霊のこともそうだが、明星殿にひとつ尋ねたいことがあるのだが……」

「言わなくてもわかるよ。清雅のことだろう？」

向けられた苦笑に、千早は頷く。

朱雀院での騒動から、清雅は千早の前に全く顔を出さなくなった。

文は送っているが、返事もないのである。

「もうだいぶ体は良いようだよ。ただ……」

「私には会ってくれないのだな」

「そんな顔をするな。清雅は小鬼を恨んでいるわけではない」

「でも顔を見せてくれないということは、何か私に対して憂いがあるのだろう」

否定の言葉の代わりに、明星の表情に苦みが増す。

「そもそも『冥の中将』につく者は、人との関わりを必要以上に持てないのだ」

「じゃあ、距離を置くのは私だけではないのか？」

「ああ。例外は主である私だけだ」

「でも、なぜそんな……」

「清雅……いや冥の中将という武士は、特別な存在なのだ。帝の血の守り手であり、怪異をも屠る力を持っている。故に多くの情報は秘匿とされ、中将自身も複雑な掟に縛られているのだよ」

確かに、冥の中将という肩書きを持つ武士がいるということ以外の話は、あまり知られていない。誰が、どのように任命されるのかもわからないし、清雅の他に誰がいるのかも千早は知らなかった。

知識がないのは自分が無知だからだと思ったが、明星の口ぶりからするとそもそも公表されている情報が少ないのだろう。

「しかし、秘匿とされているのに話を、私にしてしまって良いのか？」

「私の側にいるなら、清雅ともずっと付き合っていくことになるから構わないだろう。それに冥の中将を縛る掟はどれも古すぎるものだ。そのすべてに、縛られる必要はないと私は思っているのだよ」

清雅にはもう少し自由に生きて欲しいという、明星の考えが口ぶりからは透けていた。

日頃から清雅を振り回している彼だが、決してないがしろにしているわけではないのだ。

だからこそ、清雅は明星に忠義を尽くしているのだろうと千早は悟る。

「友も家族も恋人も、冥の中将は持てぬ身の上だ。だがそんな寂しい人生を、私は清雅に送らせたくない」

「なら、私が友になっても構わないのか？」

「ああ、むしろお前にはあいつと仲良くなって欲しい」

お墨付きをもらい、千早は嬉しい気持ちになる。

「ならまた文を書くから、渡してもらってもいいか？」

「清雅のためなら文使いになるのは構わないが、あいつにばかり歌を送るのは面白くないなぁ。たまには私に、恋の歌でも詠んでくれないか」

言うなり距離を詰めてくる明星に、千早は飛び退く。

「こらこら、女はそんな猿みたいな飛び退き方はしないぞ」

「明星殿が近づいてくるのが悪い」

「お前は私の小鬼なのだから、近づくのは当たり前だ」

「そういって始終側に来るおかげで、こちらは妙な噂まで立てられているのだぞ！」

明星が足繁く千早の元に通ってくるせいで、彼が自分の式神に恋をしているなんて噂が内裏では流れ始めているのだ。

「お前が他の女たちを袖にしているせいで、近頃は針のむしろだ」

教養を身につけさせるという名目で、明星はほぼ毎日千早を連れ出していた。

そのことを知り押しかける女は日に日に増えているが、近頃の彼はその相手をしない。『私は小鬼に会うためにここにきているのだ』と言って、片っ端から追い返してしまうのである。

おかげで千早は方々から恨みを買っているのだ。

近頃は嫌がらせや陰口をたたかれることも増え、仕事の邪魔をされるため、明星と会う機会を減らしているくらいだ。

「今日だって、お前に会うつもりはなかったのに……」

「言っておくが、今日会ったのは偶然だよ。とはいえせっかくだし、今夜は一緒に過ごそうじゃないか」

「嫌だ。今日は中宮様にお借りした本を読みたい」

そう言ってしっしと手を払うと、明星は子供のように拗ねた顔をする。

「最近お前たちはずいぶんと仲が良いね。作法を教える仕事もとられてしまうし正直ちょっと妬けてしまうよ」

明星のせいで勝手な噂が流れて困っているのを知ってか、近頃中宮は千早を何かと気にかけてくれる。

以前なら椿の典侍に任せていた作法の勉強も、中宮自ら教えてくれることも多かった。

「中宮様は優しいし、教えるのもお上手なのだ」

「だが彼女だって暇ではないのだぞ。いつまでも甘えるな」

「もちろんわかっている。だが彼女が忙しいからといって、あなたに頼むかどうかは別問題だ」

明星に教わるくらいなら、小鞠に頼りたいと思う千早である。

それが顔に出ていたのか、明星がもう一度ぐっと距離を縮めてきた。

「だから近い！」

「お前に内緒の話があったのを思いだしたのだ。だから耳を寄せてくれ」

「よ、寄せるから、その無駄に美しい顔を近づけてくるな！」

途端に顔をしかめる千早の反応をひとしきり楽しんだ後、明星はようやく本題に入った。

「消えていた女房がいただろう。その一人が、どうやら見つかったそうなんだ」

「もしや、中宮様が攫われたところを見たという？」

「その女房らしい。十六夜の母君、梅宮の女御の元に務めていた女房で、名を三葉という。

彼女が昨日実家にふらりと帰ってきたらしいのだ」

女御に呼び出されたのは、その三葉が理由のようだった。

「戻ってきたのはいいものの、まるで何かに取り憑かれたように唸っているという。そして虚ろな顔で『鬼がくる……』と繰り返しているらしい」

「それはやはり、私たちを襲ったあの男だろうか」

「多分そうだろうね」

朱雀院で見た男の姿はまさしく鬼だった。あれに襲われて、よく無事でいたものだ。

「あの男は、やはり鬼なのだろうか」

「多分。……ただ妙なのは、陰陽寮で記録を当たっても、あの鬼のことは何一つ記載がないことだ」

明星の言葉に、千早は師である左京から教えられた陰陽寮についての知識を思い出す。

陰陽寮には都に現れた怪異を記録し、情報を保管する部署があるらしい。都に張り巡らされた結界の一つに、怪異を関知し姿を記憶するものがあり、それを用いて記録を作っているのだ。

情報にはむらがあるが、それを用いて今まで多くの怪異が祓われてきた。

だがその結界でさえ、あの男のことは捕らえることが出来なかったようだ。

「あの鬼は結界を逃れる術を持っていたのだろうか」

「あり得ないと言いたいが、今は確信が持てないな」

そういうと、明星は憂い顔になる。

「ひとまず今は陰陽師たちが女房を護衛している。しかし相手の正体も目的もわからない故、こちらが出来るのは次に現れるのを待つばかりだ」

しかしその次がいつ、どこになるのかわからないと不意を突かれる可能性はある。

「お前は筋を見る目があるだろう。そのおかしな目で、なにか気づいたことはないか？」

おかしいと言われたことにムッとしつつも、千早は朱雀院でのことを思い出す。

強く覚えているのはすさまじい怪力と鬼のような角、そして歪んだ背筋だ。

酷く大柄だが、男の身体は少し傾いていた。

背骨が曲がったまままくっついたような、そんな有様である。

しかし思い出せたのはそれだけだ。顔は長い髪で隠れていたし、その間から覗いた眼光が異形の者だということくらいしか覚えがない。

――そして少し、景時に雰囲気が似ていた。

ふと浮かんだ不安を、千早は慌てて振り払う。

――もし景時が鬼に堕ちているなら、明星殿がそういうはずだ。

「あのときもっと余裕があれば、もっとしっかり鬼の顔を見れたのだがな……」

だから違うと言い聞かせ、小さく息を吐く。

「清雅も同じようで、あまり覚えがないらしい」

「ならば手がかりはないか」

八方塞がりの状況に、千早と明星は同時にため息をついた。

結局有益な情報はないまま、千早は暁紅殿へと戻った。

薬を女房に届けた後は特に仕事はなく、あとは自分の局(つぼね)に戻るだけだ。

「……また、明星様にお会いしてきたの？」

その途中、簀子(すのこ)を歩いていた千早を呼び止めたのは中宮だった。

声のした方を向けば、御簾(みす)の向こうに動く影が見える。

すぐ側には小鞠たち女房もついているようで、何かの支度をしているようだ。

――この時間だと、帝の元へいくのだろうか。

中宮は度々帝の元に通っているが、千早は同行していない。近頃の騒動を鑑(かんが)みた帝がわざわざ衛士と陰陽師を付き添いによこすようになったためだ。

そして支度の手伝いをしても粗相をするだけなので、お渡りの前は典侍が中宮に近づかせてくれないのである。故に中宮の予定を知るのは突然の事が多い。

せわしなく行き来する女房たちの邪魔にならないよう柱に身を寄せながら、千早は明星に会ったことを認めた。

「もしかしてまた、いたずらをされたの？」

「わ、わかりますか……」

「わかるわよ。浮かない顔で歩いて来るのが見えたし、あの方の香が漂っているから」

慌てて自分の身体に鼻を寄せれば、確かに明星の香りがべったりとついている。

それに顔をしかめているのを察したのか、中宮は笑った。それからなぜ会っていたのかと問われた千早は、明星との話を簡潔に告げることにした。

「中宮様がご覧になった、攫われた女房は無事のようです」

聞くなり、中宮はほっとしたようだった。

「その方が、元気になると良いわね」

「ええ。そしてあの鬼についても、何かわかれば良いのですが」

そんな言葉がこぼれると、中宮が不意に押し黙る。

怪訝に思っていると、誰かがあっと悲鳴を上げる。

どうやら几帳が倒れたようで、御簾が乱れ動いた。

「こら、しっかりなさい！」

粗相に叱責を飛ばしたのは典侍の声だったが、すぐさま中宮が「気にしないで」と笑う。

「急なことだったから、支度を急がせてしまったわね。後は典侍に任せれば終わるから、小鞠たちは千早と一緒に局に戻りなさい」

中宮の言葉に、小鞠の他三人の女房が御簾から出てくる。

それに続くように、千早もまた自分の局に戻ることにした。

しかし局まであと少しというところで、女房たちが千早の袖をつかむ。

「小鬼さん、ちょっと……」

「お話があるの、こっちにきて」

言うなり腕を引かれ、そのまま暁紅殿の裏手まで連れて行かれる。今日はよく人気のない場所に連れ込まれるなと思っていると、女房たちが立ち止まり注意深く周りを見渡した。

「もしや、また悪霊を見たのですか？」

それか怪しい噂でも聞いたのだろうかと首をかしげていると、女房の一人が浮かない顔で千早を見る。

「悪霊には直接関係ないのだけれど、小鬼さんの耳に入れておきたいことがあるの」

それから女房たちはお互いに視線を合わせ、誰が何を語るかと相談し合う。その後、先ほど声をかけた女房が僅かに震えた声で先を続けた。

「近頃、椿の典侍の様子がことさらおかしいの」

「確かに、最近とても静かですね」

千早にも女房たちにも、明らかに当たりが柔らかくなっていることを思い出す。だが彼女たちが訴えたいのは、どうやら別のことらしい。

「おかしいのは、中宮様に対する態度も同じなのよ。なんだか、とても怖い顔で中宮様を見ている時があるの」

そして先ほど、千早が鬼の話題を出した時も酷く怖い顔をしていたらしい。

「それにね、女官たちから妙な噂も聞いたの。少し前に、膳司をしている小鞠の妹が、椿の典侍が呪具を持っているのを見たんですって」

「それは、本当ですか？」

驚いて小鞠を見れば、黙ったまま彼女が小さく頷く。

「あと小鬼さんたちが朱雀院に出向いた翌日、典侍の局の側に妙な男がいたらしいの」

「妙な男？」

「血に濡れた衣を着た、男だったと妹は言っていて……」

気になりつつも、普段からあたりのきつい典侍に事実かと尋ねる勇気はなかったのだろう。

「それに昔から、典侍は悪い噂がよくたつの。大抵は根も葉もないもので、今回もそうだろうと思っていたのだけど……」

実際に典侍の様子はおかしくなり始め、中宮に向ける視線も日に日に怖いものへと変わっていく。それを見ているうちに、女房たちは心配になってきたのだろう。

特に千早に事情を語る女房は、大層怖がっているようだ。

「小鞠の妹が見た男は、鬼のように大柄で白くて長い髪を持つ公達だったというから、なんだか恐ろしくて」

女房の言葉に、千早の頭をよぎったのは朱雀院で見た男の姿だった。

——あの男も白い髪だったが、偶然だろうか。

もしもあの男と実際に知り合いだとしたら、怪我をした彼を人知れず匿っていてもおかしくはない。

あの晩は千早も検非違使の官舎に呼ばれたので帰りが少し遅かったし、その間にひっそりと暁紅殿に招き入れていた可能性はある。

——でもなぜだろう、何かが釈然としない。

確かに彼女たちの話を信じるなら、典侍と鬼には何かしらの関わり合いがありそうだ。

以前中宮と典侍が言い争う場に出くわしたし、二人の間に問題があってもおかしくない。

だが千早の胸には、何かが引っかかるのだ。

「しかしもし典侍が鬼と関わり合いがあるとして、どうして女房を襲わせたりしているんでしょうか？」

それに風早中宮への怪しい態度の理由は何だろうかと千早が悩んでいると、女房の一人が得意げな顔で口を開いた。

「きっと、女房の態度に腹を立てたのよ。中宮様の下で働くようになってから、典侍は周りから馬鹿にされていたようだし」

もともと、典侍ははっきりと物を言う。そのため宮中でのいざこざの仲裁に当たったり、問題が起きた場合は自ら出向き解決に当たっていたらしい。

歯に衣着せぬ言葉で叱られた女房も多く、彼女たちの中には典侍に対する嫌がらせを行っていた者もいるそうだ。

そんな折、中宮に仕える形になった典侍をみて、罰が当たったのだと彼女をこき下ろす者も増えたという。

それを恨み、鬼を使って仕返しをしたのだと、女房たちは口々に言う。

「あの人のことだから、中宮様を逆恨みしているに違いないわ。だからきっと、その守護者である明星様や千早さんのことも襲ったのよ」

女房たちはそう言って騒ぐが、千早はやはり素直に頷けなかった。

――たしかに、中宮様も典侍が自分を恨んでいると考えているようだった。

でも立ち去る典侍は中宮に辛くあたられて、傷ついていたようにも見えた。

その表情が、周りの話とどうにも食い違う。一人悩んでいると、小鞠だけがそっと千早に声をかけてくる。

「椿の典侍だと、千早さんは思っていないの？」

「私には、彼女がそんなことをする人には思えなくて」

なんとなくだが、典侍は女房たちが言うような恨み妬みとは遠い場所にいるような気がしていたのだ。

そんな考えに小鞠は気づいてくれたようだが、他の女房たちは自分の意見が正しいと信じ切っている。

「小鬼さん、どうか椿の典侍を調べて下さらない？　仕事は私たちが出来るだけ肩代わりするから」

「ええ、私からもお願い」

「私からも、どうか……」

声を重ねる女房たちの顔は必死だった。

見る限り、千早の考えを話してもきっと彼女たちは信じないだろう。

──それに、状況的に彼女が怪しまれてしまうのは確かだ。なら一度、しっかりと調べておいた方が良いかもしれない。

典侍の身の潔白を証明するためにも、それが良いと考えて千早は「やってみる」と頷いた。

けれどその約束は、果たされることはなかった。

なぜならその翌日、椿の典侍が忽然と消えてしまったのである。

椿の典侍が消えたという知らせを受けたのは、夕刻のことだった。

その日は朝から典侍の姿が見えず、女房たちは何かを察して逃げたに違いないと噂をしていた。

千早と、彼女の考えを察している小鞠だけは心配していたところ、いつになく厳しい顔の明星が駆けつけてきたのである。

彼と共に連れてこられたのは、宵壺の隣に立つ薄明殿である。女官たちの曹司のある場所で、仕事を終えた女官たちが帰ってきても良いはずだが、あたりは人気がなく静まりかえっている。

人気のない殿舎を進み、明星は角にある曹司へと立ち入った。勝手に入って良いのかと驚くまもなく千早は目を見開く。

「明星殿、これは……」

広がっていたのは、真っ赤な血の跡が残る荒れ果てた部屋だ。

「ここは椿の典侍の部屋だ。昼頃、彼女の姿が見えないことを心配した女房が曹司を覗いたところ、この有様だったという」

「ならば、この血は椿の典侍のものか？」

「わからぬ。今も、彼女の姿がないため確かめようがない」

衛士たちはもちろん、件の悪鬼の仕業に違いないと陰陽師たちも総出で調べているが、内裏には影も形もないという。

「しかし、ずいぶんと荒れているな」

「これは衛士たちが荒らしていったのだ。典侍には風早中宮に呪詛をかけた疑いが出ていて、失踪ではなく逃走したと考えているらしくてね」

「だがこれは、むしろ襲われたあとのような有様だぞ」

「同感だが、彼女を下手人として捕らえたい者もいるのだ、裏椿を快く思わない者が多いのは朱雀院での騒動で知っているだろう？」

その上女房たちの噂話は衛士たちの耳にも届いているらしい。典侍が何か企んでいると決めつけ、その証拠を探すために部屋を荒らしたのだろう。

「典侍が呪詛をかけようとしていただなんて、私には信じられないよ」

「私も小鬼と同じ意見だ。色々と言われているが、中宮と典侍はああ見えて絆が深い。同じ武家の生まれだし、姉妹同然の二人なのだ」

明星の言葉に千早が驚くと、彼は怪訝そうに首をかしげる。

「そんなに驚くことかい」

「だって、前に中宮様のせいで典侍は帝の妃になれなかったと聞いたんだ」

「確かに、典侍に入内の話が出ていたのは事実だよ。でもそう仕向けたのは裏椿家で、当人は『あんな家のために、政治の道具になるのは嫌だ』とこぼしていた」

「典侍は、実家と折り合いがよくないのか？」

「そもそも彼女は裏椿家の人間ではないんだ。武家の生まれだったけれど、幼い頃家と家族を火事で失ってしまったのだ」

残されたのは典侍とその弟の二人きりで、典侍は母の姉が嫁いだ裏椿の家に、弟は父の友人であった風早の家にいくことになったらしい。

「その縁で、私も中宮もあの姉弟とは親交があったんだ。幼い弟の身が心配だったのか、典侍はよく風早の家に顔を出していたよ」

それに彼女は貴族の家で窮屈な思いをしていたようだ。それを察し、弟の方も折を見ては典侍を家に呼び、中宮と三人で穏やかな時を過ごすことが多かったらしい。

「時折私も交ぜて貰ったが、あの三人は本当に仲がよかった」

明星から告げられた事実に、千早は少しだけ腑におちたところがあった。

——私が典侍を嫌いになれなかったのは、彼女が武家の女だったからかもしれない。

千早には厳しい人だったけれど、叱り方や振る舞いは常にまっすぐだった。

その振る舞いには武士に通じるところがあると、千早は無意識に見抜いていたのかもしれない。

　ただ一方で、千早の中には疑問も残る。

「でも、ならばなぜ同じ武家の女に厳しいのだろう」

　武家の女にだけ厳しくあたりも強いという話はよく聞くし、自分に厳しいのも自分が武士の様な振る舞いをしているからだと千早は思っていた。

「厳しいのは、きっと優しさの裏返しだよ。内裏では武家の娘だというだけで軽んじられる傾向がある。だから自分のように武家の娘が軽んじられぬよう、彼女は仕事や振る舞いをしっかり教えているのだと、前に中宮が典侍を褒めていたよ」

「中宮様が……」

「あの二人は本当に仲が良いのだ。それも踏まえて、帝は典侍を中宮の元にやったのだ」

　明星の説明を聞けば聞くほど、今までの認識や中宮の態度、女房の話と食い違ってくる。なんだか頭がこんがらがってきて、千早が呻きながら頭を抱える。すると明星が、彼女を見て苦笑を浮かべた。

「あまり噂はうのみにしない方が良い。怪異の殆どが気のせいや勘違いであるように、人の噂が間違っていることもよくあることだ」

　そしてその結果がこの部屋だと言われ、千早は納得する。

「でも明星殿の話を聞いて確信した。私は、典侍が中宮様を呪ったり鬼をけしかけて女房を消したとは思えない」

だとしたら、むしろ典侍はあの鬼に襲われた可能性もある。

その考えはどうやら明星も同じらしく、彼は千早の言葉に頷(うなず)くと、部屋に目を向ける。

「お前の目で、何かわかることはないか？　宵壺では侵入者の特徴を言い当てたと、清雅から聞いたぞ」

「あれは、わかりやすく証拠が残っていたから為(な)しえたのだ」

だがここは、あまりに荒れている。

それでも何か痕跡(こんせき)がないかと、千早は部屋に目をこらした。

見たところ、物などはかなり乱暴に動かされてしまっている。きっと呪詛の証拠がないかと探した者がいたのだろう。

だとすると、鬼に関する何かがあったとしても持っていかれている可能性は高い。

――なにか、人の手で荒らされない物が残っていれば良いが……。

そう思っていると、一番に目についたのは血の跡だった。

ずいぶんと荒らされているわりには、血の跡が踏み広げられた様子はない。

――そういえば、臭いも思ったよりはしない。

となれば、血の跡がついてから時間がたっているのだろう。

また血の跡の大きさからしてかなり大量の血が流れたようだが、それほどの傷を負わせた得物は残されていなかった。

――いや、だが、傷ならば何か残っているかも知れない。

はっと気づいて目をこらせば、部屋の柱や梁には何かが刺さったような跡も見えた。

千早の見立てでは、柱などに残っているのは刀傷だ。

「誰かが、ここで太刀を振り回した名残がある」

「やはり、あの鬼か？」

尋ねられ、千早は鬼の姿を思い出す。

背丈と腕の長さ、そして持っていた太刀の長さを鑑みるに鬼の可能性は高い。

「……でも妙だな。もし鬼なら、丁度このあたりで太刀を振り回したはずなのだが……」

鬼が立っていたとおぼしき場所は、丁度血の跡の上だ。これではむしろ鬼が切られた形になる。

――いや、そもそも切られたわけではないのかもしれない。

太刀で人を切れば、必ず鮮血が飛ぶ。だが部屋に残っている血の跡は、床の物しかない。

「切ったのではなく、刺した傷による出血だな。たぶん、血を流したのは鬼の方だ」

「ならば、典侍が撃退したのか？」

「わからないが、典侍の力では無理だという気がする」

武家の娘とは言え、典侍は千早のように鍛えているわけではない。一度湯浴みをした時に見た彼女の身体は酷く細かったし、太刀を振れるほどの筋肉はついていなかった。そんな細腕で、鬼に対抗できたとは到底思えない。

「誰か他に人がいたか、もしくは……」

「鬼自身が、己を貫いたかだな」

千早の言葉を繋ぐように、聞きなじんだ声が簀子の方から響く。

はっとして顔を上げると、夕日が簾の上に鬼の影を浮かび上がらせていた。

「清雅殿！」

姿は見えないが、彼がそこにいると気づいて千早は駆けていきたくなる。

だがそこで、来るなと言うように影が僅かに遠のいた。

慌てて立ち止まると、明星が心配そうな顔で外に目を向ける。

「お前、もう起きても大丈夫なのか？」

「大丈夫ではありませんが、いつまでも明星様のお側を離れているわけにはいきませんから」

鬼が出た今は特に、と告げる声に合わせて、清雅の影が僅かに傾ぐ。彼が胸を押さえる仕草をしたように見え、千早は不安を覚えた。

――姿を見せてくれなかったのは、身体の不調もあったのか……。

あれほどの傷をおったことを思うと、そもそも動けるのが異常だと今更気づく。しかし体調について尋ねたいのに、上手く言葉が出てこない。

下手に声をかけて、先ほどのように拒絶されるのが千早は怖かった。

臆病な自分を情けなく思っていると、清雅の影が少しだけ近づく。

「……それに、少し調べたいことがあったのです。床に血の跡があると聞きましたが、固まってはいませんか？」

清雅は明星に尋ねたようだが、代わりに千早が血の跡に触れる。

すると千早の肌が、不快にざわめいた。怪異に触れた時に感じるような、不気味な悪寒が走り、慌てて手を離す。

「固いよ。それに、妙に冷たい」

だからこそ踏み荒らされても元の形のまま残っていたのだと気づき、千早はその異質さを不思議に思う。

確かに血というのは固まり跡として残るが、こんな岩のような質感にはならない。

「普通でないのなら、それはやはり鬼の血だろうな」

「……なら、清雅殿が言うように鬼が自分で自分を傷つけたのか？」

「鬼の身体は普通の太刀では貫けない。お前や、俺のような武士が持っている特別な太刀でなければむりだ」

「じゃあ、あの鬼は自分を傷つけられる太刀を自分で所持しているというのか？」

尋ねると、清雅の影が何かを確認するように腰から太刀を引き抜く。

――そういえば、あの鬼と清雅殿の持っている太刀はよく似ていた……。

重く、人にはもてぬその太刀は特注だという。それとよく似た太刀をなぜ鬼が持っていたのだろうかと今更気づいたところで、明星がはっと顔を上げた。

「もしや、あの鬼は清雅と同じか……」

「たぶん『なり損ない』でしょう。ただ、あの様子だと処理されるべき者のはず……」

二人の交わすやりとりに、千早だけがついていけない。

一人戸惑っていると、そこで清雅の影が遠ざかった。

「陰陽寮（おんみょうりょう）にて急ぎ調べを進めます。明星様は、しばし千早と行動を共にして下さい」

彼の言葉を聞き、千早は慌てて一歩を踏み出す。このまま行かせてしまえば、彼はまた自分の前に現れてくれなくなる気がするのだ。

「待ってくれ、この前のことを謝罪させてほしい！」

「謝罪なら文で受け取った」

つれない声を返され、千早は思わず立ち止まる。

「でも、それならなぜ顔さえ見せてくれないんだ。やはり、私にまだ怒っているのか？」

「怒ってなどいない。ただ、最初から親しくするべきではなかったと気がついただけだ」

「でも、私はつれなくされるのは嫌だ」

あまりに冷たくされて、千早は拗ねた気持ちになる。それが声に溢れると、遠ざかろうとしていた影が一瞬だけ立ち止まった。

「……そうせねばならない理由がある」

「理由があるならちゃんと言ってくれ」

「それは、明星様から聞くといい。そうすれば、もう二度と俺の顔を見たいなどとは思わぬはずだ」

突き放すように言って、清雅の気配が遠ざかりかける。慌てて外に飛び出そうとするが、それよりも早く彼を追いかけたのは明星だった。

「お前は、いつから主に面倒ごとを押しつけるようになったんだい？」

そう言って腕を掴む明星に、清雅が驚き立ち止まる。

その隙に、千早ももう片方の手をぎゅっとつかんだ。

「ほら、小鬼にはもうためらいはないよ」

「しかし……」

「案ずるな清雅。小鬼は私が口づけをしかけてもなお友になってくれるという奴だ。お前の話くらいで、距離を取ったりはしないよ」

「そうだ！　どう考えても、明星殿の口づけの方が私にとってはゆゆしきことだぞ！」

「……その言い方は、さすがに失礼すぎないかい？」

どこか間の抜けたやりとりをしていると、清雅の身体からふっと力が抜ける。

「……わかった。しかしここではまずい」

「なら一度屋敷に帰ろう。確かにあの話は場所を選ぶからね」

一体どんな話かと不安を覚えつつも、清雅のことを知りたいと思う気持ちは変わらない。

だから千早は、改めてぎゅっと大きな手を握りしめたのだった。

それから三人は、内裏を離れ明星の邸宅へとやってきた。

内裏を離れて大丈夫なのかと千早は少し不安だったが、明星はのんきな様子で彼女を屋敷に上がらせた。

「典侍が鬼を飼っているという話が広まって、中宮を筆頭に后妃たちにはそれぞれ陰陽師と衛士が護衛につくことになったんだ。だから多少離れても、今は問題ないよ」

「もしや、私たちはお役御免か？」

「そうではないが、今回の事を機に手柄を立てたい者は多いのだ。復帰が決まった風早の家もそうだし、典侍を捕まえることで名誉を取り戻したい裏椿の家もそうだ」

「取り戻したいって、まさか自分の娘を捕らえるつもりなのか？」

「そうでもしないと、裏椿はもう後がない。朱雀院での騒動の責任を追及されているし、その上娘が内裏に鬼を引き込み呪詛をばらまいたなんて事になったら……」

「でも今回の件は、典侍のせいではない」

千早は断言すると、清雅もまた頷いた。

「同意見だが、そう思っているのは俺たちくらいだろう。典侍は家の者たちに好かれていないようだし、むしろ手柄のためにその首くらいは差し出すだろうな」

なんとも酷い話だと、千早は憤慨する。

そんな彼女に、明星が小さく笑った。

「腹立たしいなら、典侍に罪はないと証明してやるといい」

「でもどうやればいい。私たち以外は、みんな典侍が元凶だと思っているのだろう？」

「まずは朱雀院にでたあの鬼を捕まえることが先決だろう。どうやら清雅には心当たりがありそうだし、捕まえた鬼が典侍と無関係だと証明できれば疑惑も晴れるはずだ」

明星の言葉に同意しつつ、典侍の曹司での清雅の言葉を思い出す。

――清雅殿は、あの鬼を自分と同じと言った。あれは、どういう意味だったのだろうか。

疑問を抱いていると、それを察したように、明星が「さて」と真面目な顔で扇を広げる。

「そろそろ、小鬼の聞きたいことを話してやるべきじゃないか？」

明星にじっと見つめられ、清雅が渋々というふうに口を開く。

「話しても構わないが、前もって言っておく。俺の——冥の中将について聞いたことは絶対に口外するな」

念を押す清雅の声は、いつになく真剣だった。

ここにきて、わざわざ明星の屋敷までやってきた理由がわかる。清雅のことは、本来絶対に人に知られてはならない話なのだ。

「誰にも言わない。だから清雅殿のことを、教えて欲しい」

千早が言えば、清雅は意を決したように口を開く。

「俺は、『鬼のような者』なのだ」

「……ような、もの？」

「鬼の力を持ち、怪異を見ることも斬ることもできる」

人で有りながら鬼の力を持つなんて、少し前の千早なら信じられなかっただろう。けれど実際に、彼女は清雅の人ならざる力を目の当たりにしている。

「しかし、なぜ清雅殿にはそんな力が？」

「私が与えたのだ。彼を、手元に置くために」

そこで言葉を挟んだのは明星だった。

彼は己を嘲るように笑っていたが、伏せられた眼差しには、僅かな後悔と痛みが滲んでいる。

その姿が見ていられなかったのか、清雅がそっと彼の肩に手を置いた。

「あなたはすべきことをしただけだ。そして俺もそれは受け入れている」

はっきりとそう言ってから、清雅は千早の方に視線を戻す。

「明星様のように、帝の血を引く者は特別な護衛を持つことが許されるのだ。『冥の中将』と呼ばれる、武士がそれだ」

「なら、冥の中将は皆、清雅殿のような力を？」

「持っている。ただ俺ほど鬼に近づいた者はいないがな」

そこで言葉を切ると、清雅は懐から小さな丹薬を取り出す。朱雀院で、明星が彼に飲ませていたものである。

「そして誰もがなれるわけではない。この特殊な薬と人の血を飲むと、適性があった者のみが特別な力を手に入れるのだ」

「なら、清雅殿もこの薬を飲んだのか」

清雅はうなずきかけたが、そこで明星が言葉を遮るように顔を上げる。

「清雅の場合は、飲まされたと言う方が正しいな。冥の中将はその異質さ故、力を得たら最後すべてを捨てなければならなくなる。過去も家族もすべて捨て、薬を飲ませた主に仕えることになるのだ」

そして薬のことは帝の血筋しか知らぬ秘密なのだと、明星は付け加える。

だが無理もない。人を鬼のような異形に変えるなど、世の理(ことわり)から外れたことだ。

「そして私は、清雅の許しもなく彼に薬を飲ませたのだ」

「なぜ、そんな……」

「その頃の私は幼く、世と人を恨んでいたのだ」

そういうと、明星はふと頭に手をかける。

途端に、清雅が慌ててその手を摑んだ。

「明星様、それは……」

「正体を打ち明けろと言っておいて、自分だけ隠し事をするのは筋が通らないだろう」

何をするつもりかと目を見張る千早の前で、明星は烏帽子(えぼし)を取った。

その途端、驚くべきものが現れる。

「……その髪は、一体」

烏帽子と共に彼が取り去ったのは鬘(かずら)である。その下から現れたのは、月の光を思わせる金色の髪だ。

あまりの神々しさに、目が潰(つぶ)れるのではと不安になるほどの美しさである。

「私の母は異国(とつくに)からやってきた姫なのだ。その血が濃く表れ、私はこの髪と特殊な加護を得た」

「加護？」

「私は怪異が見えず、影響を与えることも出来ない。そのかわりに、あちらも私に害をなせないのだ」

怪異だけでなく呪詛なども効かないのだと、明星は告げる。

「おかげで、何度命拾いしたかわからないよ」

「それが本当なら、素晴らしく強い加護だな」

「強い。だが、強いからこそ弊害も出るのだ」

怪異や呪詛の干渉を受けないにも拘わらず、明星はそうしたものを不思議と引きつけてしまうのだという。引きつけられた怪異は明星の周りの者へと牙を剥き、代わりに傷つける。そして彼に向けられた呪詛などは、身近な人へと広がってしまう。

「だからこそ、幼い頃は私に関わると不幸になるという噂が絶えなかった。実際、不幸になった者も多い」

「なら、怪異に狙われていたという中宮様の話は本当だったのか」

「事実だ。そして周りの者ばかりが傷つき、皆は私を恐れ、廃そうとした者もいる」

言いながら、明星は清雅に視線を向ける。

「だが清雅だけは、私を受け入れてくれた。側にいると不幸になると言っても『俺は気にしない』と笑ってくれた。……だから共に生きたいと、願ってしまったのだ」

しかしただの人では、清雅にもいずれ害が及ぶ。そんな時、冥の中将のことを思い出し薬を飲ませようと彼は思ったらしい。

「自分を守ってくれる誰かが欲しい、それが清雅ならばと私は思ってしまったのだ。その上私は薬の効果や、家族や過去を捨てるという掟も知らなかった。あまりに無邪気に、私は清雅に薬を飲ませてしまったのだ」

「そして清雅殿は、鬼のような力を得たのか」

「現存している冥の中将のなかでも、彼の力は抜きん出て高い。力がある者は心もまた鬼に近づき狂うものなのだが、彼は人を保っている」

そしてそんな彼の活躍も有り、明星は纏わり付く怪異を退け、陰陽師としての名声をも手に入れたのだと言葉を結んだ。

「清雅殿を冥の中将にしたことを、明星殿は後悔しているのか？」

「したり、しなかったりだ。彼がいなければ、今の私はいないからな」

でもたぶん、どちらかと言えば後悔しているのだと千早は気づいた。

引き結んだ口を歪ませ、ぎこちなく笑う明星はひどく痛々しい。

そこで清雅が、慰めるように明星の頭に手を乗せた。

その仕草は、昔景時が千早にしてくれたものに似ていた。

不気味な子だと疎まれていた彼女を、彼は優しく受け入れてくれた。そのときの喜びは筆舌に尽くしがたい。

──私が景時と出会ったように、明星殿も清雅殿に出会ってしまったのだ。だとしたら、側に置きたいと思う気持ちはわかる。

そして清雅も、そうした明星の気持ちを理解しているのだろう。

だから全てを受け入れ、彼の側にいるのだというのは見ればわかる。

「先ほども言ったが、俺は後悔していません。だから、あまり気になされるな」

「だが一度薬を飲めばもう人には戻れない。身体は薬と人の血を欲し、断てば瞬く間に鬼に堕ちるのだぞ」

「それでも、俺はまだなんとか人を保っています」

「たまたま清雅は素質があったからだ。だが下手をすれば死んでいたかもしれぬ」

明星の言葉に、千早は思わず息を呑む。

「……冥の中将になる薬は、そんなに危険なのか？」

問いかけに、清雅が頷いた。

「薬自体は鎮守の桜の実から作られているそうだが、薬と共に飲む血が人を狂わせるのだ」

そこで彼は、明星に目を向ける。

「冥の中将を血に縛るため、はじめだけは帝に連なる者の血を飲ませるのだ。だが、どうやらそこに潜む神の力が人を狂わせてしまうらしい」

「だから、冥の中将はあまり数がいないのだな」

「そうだ。……ただ、それでもなりたいと望む者は多いがな」

渋い顔になり、清雅は薬をそっと胸にしまう。

「そして、中将を得たいと望む者も多い。今現在中将を得ているのは明星様と帝を含めて僅か四人。他の皇族もみな求めてはいるが中々成功せず、そのたびなり損ないが増えるのだ」

「なり損ない……、さっき清雅殿が言っていたものか」

「その名の通り冥の中将になり損なったものをそう言う。薬と血に負け、瞬く間に鬼に堕ちてしまったなり損ないは、その場ですぐさま処理される定めだ」

完全な鬼に堕ちれば倒すこともままならない。そのため変異の兆しがあれば、すぐさま斬られるのが普通なのだそうだ。

「あまりに失敗が多く危険も伴うため、薬を得られるのは皇子だけに限られている。そして薬を使えるのも三回だけという決まりまであるくらいだ」

だから皇子が生まれると、周りの者が冥の中将になり得そうな武士を選びつれてくるらしい。

その際、薬の危険性は開示されるが、それを聞いても尚なりたがる者は多いようだ。

「危険があるのに、なりたがるなんて不思議だな」

「皇族の守護者という誉れある肩書きが欲しいのだろうな。だがもし適性があったとしても、冥の中将になれば家族も名も捨てなければならない」

「名前まで捨てるのか」

「冥の中将はあらゆる事への執着を捨てねばならないのだ。心が乱れれば鬼に堕ちるといわれているからな」

「じゃあ、私と会わないと言ったのも……」

だから主以外とは交流をたち、死ぬまで孤独に過ごさねばならないのだと清雅は告げた。

「お前は危なっかしいし、気にかけずにはいられない。だがそうした気持ちは、心の乱れに繋がりかねない」

言いながら、清雅は自らの胸をぐっと押さえる。

「心の乱れは鬼の渇望を生み出す。帝の血を引く者には手を出せないが、鬼に堕ちれば人の血を求め、誰彼構わず襲うようになるのだ」

その話を聞き、千早は朱雀院で襲ってきた鬼のことを思い出す。

「……ならば、あの鬼は」

「なり損ないか、中将にはなれたが鬼に堕ちた者か、そのどちらかだろう。冥の中将は一応人だから、陰陽師の索敵術にもかからない」

ただ……と、そこで清雅は腕を組む。

「薬を飲んだ者の名を陰陽寮では秘密裏に控えている」

「清雅殿が確認しようとしていたのはそれか」

「ああ。ここ数年はなり損なった者も少ないはずだし、すぐに当てはつくだろう」

そしてどこの誰がなり損なったかがわかれば、典侍とは無関係だと証明できるだろう。

「それに鬼に堕ちた者は、生前執着していた者に固執する。故に素性がわかれば、典侍の行方や内裏で女房を攫っていた理由も自ずとわかるだろう」

「当てがつけば、鬼を捕まえる事も出来そうだな」

ようやく兆しが見えたと千早はほっとする一方、あの鬼が景時に似ていることが気になったのだ。

もしそうなら明星たちが言うはずだと思う一方、改めて名簿を調べるということは誰が薬を飲んだかを彼らは把握していないということだ。

——もし、景時だったら。

滲み出す不安を必死に抑え込んでいると、清雅が千早が何かに悩んでいると気づいたらしい。

「鬼と戦う事への不安があるようだし、捕縛は俺一人で行う。だからお前は、明星様に付き添ってくれ」

「いや、これはお前が思うような不安ではない。それに、二人の方が確実だろう」

「お前、今の話を聞いていなかったのか？　俺もまた鬼のなり損ないだ、そして戦いになり心が乱れれば、お前にも牙を剝くかもしれない」

清雅は言うが、そこに関する不安を千早は全く感じていなかった。

「大丈夫だよ。清雅殿はこの前だって私のことは襲わなかったし、いざとなったら殴って止めるから」

「な……」

啞然とする清雅に己の強さを示そうと、千早は拳を勢いよく突き出した。

それに、思わず噴き出したのは明星だ。

どうやら千早の拳は、彼の憂いも吹き飛ばしたらしい。

「どうやら小鬼は、説明を聞いても、清雅と縁を切るつもりはなさそうだな」

「当たり前だ。むしろどこに縁を切るべき理由があったのだ？」

純粋な疑問を覚えながら首をかしげていると、明星が更に笑う。

そして清雅も、呆れたようにふっと笑った。

「いや、お前はそういう奴だったな……」

言葉とため息を吐き出してから、清雅は立ち上がる。

「おいっ、また一人で行く気か？」

「いや、鬼を捕まえるにもまずは情報が必要だ。先ほども言ったが、陰陽寮で素性を調べねば」

「なら私も……」

「冥の中将に関することは、基本閲覧が禁止されている。だからお前は、後々のために余力を蓄えておけ」

言うなり清雅の姿がふっと消え、部屋には千早と明星だけが残される。

「なあ、今のって……」

「あいつもお前に心を許したのだろう。だから今は言われたとおり、良い子で待っているといい」

明星の言葉に千早は笑顔で大きく頷いた。

――良かった。清雅殿は私を受け入れてくれた。

それがあまりに嬉しくて、千早はぎゅっと胸を押さえる。

なぜこんなにも気持ちが跳ねるのかと少し不思議に思っていると、先ほど彼が見せた明星への気遣いを思い出した。

――清雅殿は、景時に似ているんだ。

明星への気遣いは、かつて景時が千早に向けてくれた優しさに似ている。だからきっと千早は清雅のことを好ましく思っているのだ。

だからこそ彼に認められたい、受け入れて貰いたいと思ってしまうのだろう。

——なんとなく、清雅殿に認められたら景時にも認めて貰えるような気がする。

ならば自分が目指すのは、清雅の隣で彼を支えて戦えるようになることかもしれない。

そんな気づきを得た千早は、先ほどまでの不安を捨て去る。

——きっとあれは景時ではない。それを証明するためにも、私が鬼を見つけてやるのだ。

そして千早は、より一層やる気を出したのだった。

その後、千早は明星と二人、大内裏へ戻ることとなった。

千早は中宮の元へ、明星は清雅の手伝いに陰陽寮へと向かうことにしたのである。

「あいつは今本調子じゃない。だから私も彼の調べ物に付き合うよ」

大内裏の入り口でそういった明星に、千早は清雅の身体は大丈夫なのだろうかと不安を覚える。

しかし千早の身では調べ物に付き合うことは出来ないため、泣く泣く明星を見送った。

代わりに自分に出来ることはないかと考えた結果、やはり中宮の元に戻ろうと彼女は決める。

彼の話が本当なら、中宮と典侍は周りに見せていないだけで仲が良いはずだ。だから典侍が消えたと聞き、心を痛めている気がした。

――でもそういえば、どうしてあのとき中宮は典侍と仲良くないと言ったんだろう。

喧嘩（けんか）をした反動で言ったようには見えなかったし、そこが腑（ふ）に落ちない。

しかし悩んでも理由には見当もつかず、答えを見つけるより先に内裏にたどり着いてしまう。

気がつけば夜もずいぶん更けていたが、今日の内裏はずいぶんと明るい。

見ればいつも以上に衛士の数は多く、かがり火までたかれている場所がある。

――鬼退治に、ようやく本気を出すようになったのか。

ずっと放置していたくせに、己の利になるとわかった途端動き出す者たちにはあきれ果てる。

それでも警護の数が増えるのは良いことではあるが、衛士たちの顔が妙にギラギラしているのが不穏だった。

たぶん鬼を捕まえた者には褒賞が与えられるのだろう。早く現れろ、自分が捕まえてやると笑っている者もいる。

――そうした考えはいらぬ怪異まで呼ぶと、みな知らないのだろうか。

人の思いや考えに、怪異は引きずられる。特に強い欲望は、魔を引き寄せるのだ。

それに無駄に光が多いのもあまり良くない。かがり火やたいまつのせいで明るく見える分影は濃くなるし、怪異を呼び込む欲望が重なれば空気は重くなる。

嫌な予感を覚え、千早は暁紅殿へと急ぎ戻ろうとした。

『……あなたね、邪魔をするのは』

だがそのとき、ぞわりと千早の背筋を何かがなでた。

振り返ろうとした瞬間、気配は消え遥か前方に白い光が揺れた。

深い陰の中、潜むように揺れる光は女へと姿を変える。

ひどく、美しい女だった。けれどすべてが白く、色がない。

それがぼんやりと、闇に浮かんでいる。

「何者だ！」

声を荒らげると、女はにたりと笑った。そして千早を見つめたまま滑るように後退する。

その先に暁紅殿があると気づいた千早は、裾をつかみ一気にかけ出した。

こんなことなら男の服で帰ってくれば良かったと口惜しく思いながらも、いざというときに走れる方法は隠れて特訓している。

かなりはしたない格好になるため、見回りの衛士がぎょっとした顔をするが一大事なのだから仕方がない。

――私ではなく、あの幽霊を見ろよ！

などと恨みがましい気持ちになるが、あんなにもはっきり簀子を滑っていくというのに、霊の姿を認識している者はいなかった。

不思議なことに、見えていないのは衛士だけではないらしい。

暁紅殿の入り口までたどり着くと、そこには多くの陰陽師たちが立っていた。彼らなら止めるだろうとほっとしたのもつかの間、女はその間をいとも容易くすり抜けていく。

啞然としたまま後を追えば、あろうことか陰陽師たちは千早をつかんで引き留める。髪を振り乱しながら走る姿をみて、どうやら悪霊と勘違いされたようだ。

すぐさま振りほどくが、その一瞬の間に、女は中宮の部屋の前へと近づいていく。

「中宮様！」

思わず叫んだ直後、あれほどはっきりと見えていた女の姿が、忽然と消えた。姿だけでなく、彼女の気配さえたちどころに消えていく。

いったいどういうことかと驚いていると、「なにごとですか」と中宮の声がした。

慌てて部屋の前まで行くと、僅かに開いた御簾をあげて中宮がそっと顔を覗かせる。見たところ。どうやら彼女は無事らしい。

「今、女の霊がこちらに現れたのです」

「確かになんだか嫌な気配がしたけど、それかしら」

「なにか、見たりはしませんでしたか？」

「いいえ。明星様からもらったお守りを握りしめていたら、気配は消えてしまったわ」

そう言ってお守りを見せてくれようとしたが、背後から陰陽師と衛士が来たため中宮は慌てて御簾を下ろす。

「消えよ悪霊!!」

直後、陰陽師たちが千早を取り囲んで印を結び始める。

「いや、私は悪霊ではなく……」

「消えよ！　消えよ!!」

全く聞く耳を持たない陰陽師たちは、必死に祈禱を始める。

すぐさま中宮も無実を訴えてくれたが、「だまされているのです」と全く耳を貸さない。

その後意味のない祈禱は延々と続き、中宮が呼び寄せてくれた清雅が来るまで、千早は陰陽師たちに取り囲まれることとなった。

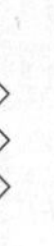

「待っていろと言った矢先、まさかいきなり呼び出しを喰らうとは思わなかったぞ……」
駆けつけた清雅のおかげで身の潔白が証明されたものの、あきれ果てた声に千早はがっくりと肩を落としていた。
そして今は、無理矢理連れてこられた衛士の詰所から、暁紅殿へとぼとぼ戻っている最中である。

——認めて貰おうと思った矢先に、これか……。

なんて間が悪いのだと、千早は呻く。

「走って少し髪が乱れていただけなのに、悪霊は酷すぎるよ」

「少しではなかったぞ」

確かに清雅が駆けつけてくれたときはもっと酷かったが、それでも自分のせいだと認めるのは悔しかった。

「あの陰陽師たちの目が悪すぎるんだよ。私を悪霊と勘違いしたあげく、目の前に女の霊がいたのに、それさえ見えていないようだったし」

千早の言葉に、清雅が悩ましげにため息をついた。

「確かに奴らの目は悪すぎる。陰陽師とはいえ、霊がはっきりと見える者はほんの一握りだからな」

「そんな有様で、仕事が務まるのか？」

「『気のせい』が殆どだから、どうとでもなってしまうのが現状でな……。それに陰陽師たちの主な仕事は占いで、そちらに能力が偏り気味なのだ」

都の人々は、神が住まう天の星々に己の身を委ねることを良しとする。故に物事は陰陽師たちが用いる占星術によって決められ、引っ越しの日取りから髪を洗う日まで、彼らが導き出す星占いによって決めるのだ。

「知識さえあれば、星を見るのは誰でも出来る。なにせ、明星様が出来ているくらいだ」

「納得した」

明星のような者ばかりなのだとしたら、無能なのも仕方がないとしみじみ思う。

「まあともかく、霊は消えたようだしひとまずよしとしよう。お前は、このまま中宮に会うのか？」

「心配だから、ちょっと顔を見てくるつもりだ」

「ならば俺も行こう。悪霊のことが気になるし、調べ物は明星様がなさってくれているからな」

「ちなみに、明星殿は調べ物はできるのか？」

「……書を読むのは得意だから、たぶん問題ないはずだ」

たぶん、と重なる言葉に若干不安を覚えたが、ひとまず中宮に会いに行こうと決まる。

「良かった、千早への誤解は解けたのね」

部屋の前まで向かうと、まだ起きていたのか中宮が声をかけてくる。

千早が居たたまれない気持ちになっていると、清雅が部屋の前に座し静かに頭を下げた。

「騒がしくして申し訳ございません。ひとまず、千早は明星様の式神だということにしておきました」

「そういえば、明星様は？」

「今は少し調べ物を」

「調べ物？　あの方が？」

中宮は、先ほどの千早と似たような反応を示す。

それを怪訝に思っていると、清雅がちらりと千早を振り返った。

「中宮様は、明星様の事情をご存じだ。よいところも至らぬところも全てな」

「つまり、無能なところも知っているのか⁉」

彼を慕っているふうだったから、てっきり中宮も明星に夢を見ているのだと思っていたので驚く。

すると中宮が、帳の向こうで可愛らしい笑い声を立てた。

「かつて明星様を我が家にお招きする際、御身に関する事情を特別に教えて下さったの。以来の付き合いだから、私たちの間に隠し事はないのよ」

元々風早の中納言は、千早の師である左京に師事もしていて、その縁もあり幼い彼を守護する立場でもあったらしい。

だから明星も中宮とその家族を信頼し、時に頼りにしているのだそうだ。

「元々、風早家は霊を見る事が出来る血筋で、私は明星様よりも見えるくらいなの」

だからこそ、先ほども悪霊の気配を察してお守りを取り出せたのだと中宮は言った。

「私が見えると知って、逆にずるいと明星様に言われたこともあるわ」

懐かしそうな声で語りつつも、そこで中宮はそっとため息を溢す。

「ただ、見えるからこそ霊が脅威となることもある。故に、私の家は明星様の安住の地にはなり得なかったの……」

「明星殿は、あまり長く風早家に住まわれなかったのですか？」

「ええ、共に暮らしたのは一年ほど。あるとき明星様を狙った悪霊に私が憑かれてしまい、責任を感じた明星様は左京様の元に身を寄せることにしたの」

それからも親交はあるものの、時折屋敷を訪れても明星は長居をしなくなったと中宮は悲しげに告げた。

「いつもいつも、私の側からは大事な人がいなくなってしまうの」

寂しげな声が気になって、千早は中宮の側に行きたくなる。

しかしそうするよりはやく、見覚えのある顔がこちらへと向かってくるのが見える。

「明星様……！」

落ち込んでいた中宮の声が、そこで跳ねる。

しかし向かってくる明星の顔はいつになく強ばっている。

それに気づいたのか、清雅もまた口元を引き締める。

「もしや、鬼の当てがついたのですか？」

清雅が問えば、明星は唇をきつく結んだ。否定の言葉はないが、あまり良い状況でないと、千早はすぐさま気づく。

「まさか、典侍の身に何かあったのか？」

「あったかもしれない。実を言うと、鬼は……」

何か言いかけて、明星はためらうように中宮の方を見た。しかしすぐに、彼は重々しく口を開く。

「陰陽寮で名簿を調べたところ、候補にあたる武士は三名いたのだ。そしてそのうちのひとりに、典侍の弟の名が……」

「まさか『義信』が？」

声を上げたのは中宮だった。悲鳴にも似た声に、千早も彼女の方へと視線を向ける。

あまりに悲痛な声に、鬼が景時でなかったことに喜ぶ気持ちは生まれなかった。

「典侍の弟は、確か風早家の養子になったのですよね？」

千早が尋ねると、中宮は小さく頷いた。

「しかし、訳あってその後また別の家にもらわれていったの。その後、武官として順調に出世をしていたのだけど」

「突然亡くなった……そうだね？」

明星の問いかけに、中宮は頷く。

それから彼女は、辛そうな顔で頭を押さえた。

「鬼に襲われたと、そう聞いたの。酷い死に方をしたと聞かされて、家族皆で悲しんだわ」

しかし本当は、鬼に襲われたのではなく彼自身が鬼になってしまったのだろう。そのあたりのことを伏せるため、親類知人には嘘の報告をしたに違いない。

「鬼に殺された者は鬼に堕ちることがあるというけれど、まさか義信もそうなの？　あの人が、女房や典侍を攫っていったの？」

中宮の問いかけに明星は答えるのをためらっていた。

「そのためにも、義信たちと親しい中宮様のお知恵を拝借できますでしょうか？」

代わりに、「それを今からお調べします」と清雅が頭を垂れる。

「私の……？」

「鬼は生前の思い出に執着します。典侍や義信に縁がある場所をご存じなら、教えていただきたい」

清雅に尋ねられ、中宮は考え込む。

しかし知人が鬼に堕ちたという事実に動揺しているのか、顔は苦しげに歪み中々言葉が出てこない。

それを見かね、明星が声を上げた。

「些細なことでもよい、何か覚えていることはないか？」

明星が優しく声をかけると、中宮が小さく唇を震わせた。

「……都の西にある、花月院……」

微かにこぼれたその名は、都の外れに立つ小さな寺院である。外れとは言っても、もう殆ど洛外であり、西にある門を抜け、大きな川をさらに越えた先にある。

「そこに……昔、典侍と義信と三人で……」

「たしかに、あの寺は山の麓だ。身を隠す場所はたくさんありそうだね」

明星の言葉を聞き、清雅がすっと立ち上がる。

今にも駆け出しそうな様子を見て、千早はすぐさま外へと飛び出す。

「私も行く！」

一人で行ってしまいそうな気配を察し、彼女は慌てて口を開く。

言葉だけでは引き留められぬと思い、千早はぎゅっと清雅の袖をつかんだ。

「鬼の動きは一度見た。もう二度と、しくじらない」

だから頼むと言おうとした瞬間、頭にぽんと大きな手が乗った。

「そう必死にならなくてもいい。……お前のことは、もう置いては行かない」

「本当か!?」

思わず顔を上げると、鬼の面から覗く瞳が優しく細まる。

「だが危険だぞ。それに、鬼は一人ではないのだ」

千早にだけ聞こえる声で、清雅が静かに告げた。

しかし覚悟など、とうに出来ている。

「そのうちの一人が友なんて、それこそ負ける気がしない」

笑みを深めた千早に、清雅は僅かにたじろぐ。

「着替えてくるから待っていろよ。先に行っても、私は追いかけるからな！」

「鬼の速さに、人の足が追いつけるとおもっているのか？」

そう言いつつも、なんとなく待っていてくれそうな雰囲気にほっとする。だから彼女も、明るい声を返した。

「そのときは、馬を盗めばいいさ」

「せめて、借りろ」

呆れながら、そこで清雅は明星に視線を送る。

「千早の支度が整う間に結界をはっておきます。先ほどの悪霊の件もありますし、念のため」

「内裏を守る陰陽師はどれもこれも役に立たないし、お願いしよう」

「それを、あなたが言いますか」

「自覚があるだけ、私の方が優秀だろう」

ほとほとあきれ果てたのか、清雅は大きなため息をつく。そして懐から呪符を取り出しながら、千早に目を向けた。

「急げ、我々が調べたことで陰陽寮も鬼が典侍の弟だと直ぐ気づく。奴らは義信を処理できなかった責任を取りたくないだろうし、先に確保されれば典侍に罪を着せるだろう」

すでに今回の騒動を典侍の仕業として片付けようとする動きがある。故に典侍が呪詛で弟を蘇らせたと嘯くに違いないと言う清雅に、千早は憮然とした。

——誰も彼も、真相を確かめる気はないのか。

ならば自分が、すべてを明らかにしたい。

そんな気持ちで、千早は急ぎその場から駆けだした。

都の大路を西に駆ける清雅の背中に、千早は担がれていた。

「確かにこれは、人の足では到底追いつけないな」

「喋るな、舌をかむぞ」

たしなめる声を置き去るほどの速さで、清雅はびゅんびゅん駆けていく。

駆ける速さは、馬よりもなお速く、鬼の脚力に千早は改めて感心する。

背中に千早を背負っていても足取りが乱れることはなく、二人は瞬く間に大門を通り過ぎ、桂川（かつらがわ）を越える。

「まずいな、雨が来る……」

しかし川を越えたあたりで、雲行きが怪しくなる。雷鳴が響き、雨の臭いが色濃く漂ってきた。

「すこしゆっくり走るぞ、ぬかるんだ場所では足を取られる」

ゆっくりと言っても人よりは速いが、雨が強まる前に花月院に着くことはさすがに敵（かな）わなかった。

深い森の合間にある寺は、近づいてみると酷（ひど）く荒れていた。

清雅が言うには、以前このあたりに夜盗が住み着き住職や参拝者が襲われ多数の死者が出たらしい。

人が死ねば血が流れ、血は悪鬼を呼ぶ。そこに生前の思い出が重なれば、義信がこの寺を根城にしている可能性は高い。

「義信は強い鬼だ。出来るなら、不意を突こう」

清雅の提案に、千早は頷く。

背負われているときに気づいたが、多分清雅は万全の体調ではない。時折口元が歪んでいたし、本来はまだ動いていい身体（からだ）ではないのだ。

それでも彼は自分の不調を口にはしない。

呪符を巻き付けた弓と矢を手に、間近に迫った山門を無言でくぐる。

荒れ果てた小さなお堂には、何の気配もなかった。

「……誰もいないな」

千早がこぼすと、清雅が頷きながら建物の裏手に回る。

「さらに上にもお堂があるから、そちらかもしれない」

生い茂った草木をかき分け進むと、長く延びた細い石段が現れる。ずいぶんと古い石段だったが、左右から伸びる草木が不自然に折られている。

人が通った跡のようだが、この雨ではそれがいつなのかは判断がつかなかった。

「夜盗とも出くわす可能性がある、気をつけろ」

清雅の忠告に頷き、二人はなるべく音を立てぬよう石段を上った。

そのまま五十段ほど上ったところで道が開け、階段の幅もぐっと広まった。

ようやく清雅が言っていたお堂が見えてきた事に少しほっとしていると、不意に雷光が走り、とどろくような音が響く。

その一瞬に紛れ、何かが雨を切る音がした。

「清雅殿、待ち伏せだ！」

咄嗟(とっさ)に、千早は清雅をつき飛ばし自分も飛び退(の)く。

そこに、大きな人影が落ちてきたのは直後のことだった。

雷に紛れ、現れたのは鬼——義信である。

明らかに不意を突く近づき方だ。まるで二人がここに来るのを狙って、茂みに潜んでいたに違いない。

千早がすぐさま太刀を抜き、清雅が立て続けに矢を放った。

その一つが義信の脚を貫いたが、彼は動きを止めず千早に狙いを定める。

迫り来る顔は、よく見ると確かに典侍とどこか似ていた。しかし浮かべた表情はおぞましく、殺気に満ちあふれている。

掲げられた太刀がギラリと光り、目にもとまらぬ速さで打ち下ろされる。

それを受け止めるのではなく、千早は跳んで避(よ)けた。

鬼の力に敵わないのは朱雀院で学んでいる。そして目の良さと素早さは、千早の武器だ。

義信の腕と足取りに注視し、千早は剣戟(けんげき)をひらりひらりと躱(かわ)す。

その間に清雅が矢を放ち、さらに三本が背中に刺さったのを見届けた彼は、弓を手放し印を結んだ。

『……ぐぅ！』

途端に、人ではない声を上げ苦しげに呻(うめ)く。見れば、矢が刺さった場所から赤黒い光が鎖のように広がっていた。

人でないものを捕縛する、呪術(じゅじゅつ)である。

「千早、切れ！」

清雅の声に、千早は太刀を引き抜いた。

鬼を屠(ほふ)るには、身体と首を切り離さねばならない。そのために思い切り太刀を振り上げた瞬間、何かが視界の隅をよぎった。

「お願い待って！　殺さないで！」

雨を切り裂く切実な声に、千早ははっと動きを止める。

こちらに駆けてくるのは、椿の典侍だった。

彼女は苦しむ義信にすがりつき、矢を引き抜こうとする。

「駄目だ、やめろ！」

清雅の制止もむなしく、脚に刺さっていた矢を典侍が引き抜いてしまう。

直後、術が乱れ崩れた。すると今度は、清雅の口から苦悶(くもん)の声がこぼれる。

呪術は、正しく解かなければ術者に返るのだ。それも元々の効果がねじれ、激しい苦痛となる事もある。

苦しげな顔で膝(ひざ)をついた清雅に千早が駆け寄ろうとしたが、それよりも早く鬼が彼に太刀を振り下ろす。

清雅は咄嗟に太刀を抜いたようだが、受け止めきれなかった刃(やいば)が彼の肩を裂いた。

千早は加勢しようとするが、典侍がそれを阻む。

雨に濡れた彼女は、泣きそうな顔で千早に縋った。

「お願い、弟を切らないで！」

「しかしあれは……」

「鬼だけど弟なのよ！　それにまだ、私の声は届くの……」

そう言うと、典侍が泣くような声で「義信」と名を呼んだ。

すると義信は動きを止め、再び苦しみ出す。

「あの女の声を聞いては駄目。私の声に、言葉に集中なさい」

毅然とした態度で、典侍が義信に近づいていく。そして大きくていびつな背中を優しくなでれば、義信は太刀を取り落とした。

「……これは、どういうことだ」

肩の傷を押さえながら、清雅が尋ねる。

「弟はまだ人なの。人だからこそ、悪霊に取り憑かれているだけなのよ」

「そんなことはあり得ない。あなたの弟は俺と同じく……」

「冥の中将のなりそこないなのは知っております。それも、弟は話してくれました」

典侍は言葉を重ねながら、義信を労る。

するとあれほど禍々しかった顔が穏やかになり、彼は人の声で小さく唸った。

「姉……上……」

「そうよ、私よ。ちゃんと側にいるから、安心なさい」

子供をあやすような声に、義信の顔が安らぐ。殺気も消え、千早と清雅は共に太刀を収めた。

おとなしくなったとは言え、改めて見ると義信の容姿はいびつだった。体つきは人のものではなく、骨格や肉付きが手足によって違う。

それに清雅も気がついたのか、難しい顔で跳ね返った呪術をほどき息を吐く。

「確かに、彼は完全に鬼に堕ちたわけではなさそうだ。身体の変異も中途半端のようだな」

「なら、人に戻れるのか？」

千早は尋ねると、清雅は首を横に振る。

「鬼になりきれていないだけで、人でもないのだ。それに典侍の言葉に反応しているのも、きっと今だけだ」

清雅の言葉に、典侍が痛ましい顔になる。

「……弟は、もう助けられないのですか？」

「その状態は義信殿も辛いはずだ。鬼に堕ちる瞬間は、何よりも辛く痛みも伴う」

そしてその痛みが、ずっと続いているに違いないと言う清雅に、典侍はうつむいた。

冥の中将である清雅の言葉だからこそ、何も言い返すことが出来なかったのだろう。

「弟の身を案じるなら、斬ってやるべきです」

清雅の言葉に、典侍はやはり何も言わなかった。千早はそっと典侍に寄り添う。近くで見れば、彼女の頬を濡らすのは雨だけではなかった。

無言で千早が典侍の腕を引くと、彼女は濡れた眼差しを弟へと向けた。

「家族が死んだとき、あなたのことは私が守ると……大事にすると言ったのに、私は二度も約束を違えてしまったのね」

典侍の細い腕が義信からゆっくりと離れる。

助けて欲しいと願ってはいたけれど、それが叶わないこともわかっていたのだろう。

けれどそこで、典侍は涙を拭い千早たちを見つめた。

「弟を楽にしてあげたい気持ちは私も同じです。……でも義信より先に、斬って欲しいものがあります」

典侍の顔には、強い覚悟があった。彼女は千早の腕をぎゅっと握り、まっすぐに目を見つめる。

「弟は悪霊に憑かれているのです」

その言葉に、千早は息を呑む。

「確かに、それが本当ならば、今すぐ切るべきではない。鬼に堕ちている身でも、悪霊が取り憑いた状態で死ねば魂は成仏できず、霊に取り込まれてしまう」

千早が言えば、清雅が考え込む。

霊に取り憑かれたまま死んだものは黄泉に行けず、憑かれた霊に取り込まれ永遠の苦痛を味わうことになると言われている。

力のある悪霊とは、そうして色々な魂を取り込みこの世にすがりつくのだ。

「それが本当なら救ってやりたいが、義信殿に霊の気配はないだろう」

言われてみるとその通りだと千早が頷いた瞬間、典侍が慌てて口を開く。

「悪霊は、今は別の者の側にいるのです。でもあの霊は義信を呼び、狂わせる」

「その霊を見たのですか？」

「見ました。……いや、ずっと見ていたのに気づかなかったと言うべきでしょうか」

どういう意味だと尋ねようとした時、突然義信が獣のように吠える。

『……ああ、あの子が……あの女が……よんでいる……』

頭を押さえながら、義信は人ではない声で呻いた。

気づいた典侍が駆け寄るが、その身体を太い腕が跳ね飛ばす。

咄嗟に千早が受け止めたものの、殴られた痛みに典侍が顔をしかめる。

見れば、彼女の腕はあらぬ方向に曲がっている。

そんな典侍を見て、鬼が僅かに動きを止めた。その目はまだ人に近く、苦しむ姉の姿に心を痛めているように見えた。

　だがそれも、僅かな間のことだった。

『あ、あああ、雪風……今……今俺が、俺が……！』

　義信は獣のような声で叫ぶと、雨を切り裂き走り去る。

「千早、清雅殿、どうか弟を……そして中宮様を止めて下さい」

　痛みをこらえながら、典侍が告げた言葉に千早たちは驚く。

「待って下さい。中宮様をとは、どういう意味なのですか？」

「すべての始まりは、中宮様なのです。弟に取り憑いた悪霊は、彼女にも憑いている」

「しかし、そんな気配は……」

　千早は一度否定しようとしたが、そこであの不気味な女のことを思い出す。

　中宮の元へ向かった女は、部屋の前で忽然と消えた。お守りのおかげで消えたと思っていたけれど、あれは消えたのではなく中宮の中に入ったのではないだろうか。

――そういえば、風早の家は霊を見る力があると言っていた……。

　そしてその力が中宮にもあるのだとしたら、人よりも霊に取り憑かれやすい体質に違いない。

　その能力が千早たちの予想より強いとしたらと考えた瞬間、清雅も同じ考えに至ったらしい。

「人柱に近い状態になっているのだとしたら、外からでは憑かれているとわからない」

かつての千早のように、悪霊が魂の奥深くまで入り込んでしまえば、端からは見わけがつかないのだ。

「典侍は、前からそれを知っていたのですか？」

「いいえ、ただ彼女の様子がおかしいとは思っていました。あの子が霊に憑かれやすいのは知っていたので呪具(じゅぐ)などを用いて探ってはいたのですが、反応がないため心の問題だと思っていたのです」

明星を見る目つきが日に日に変わりはじめたこと。そして自分へのあたりのきつさをいぶかしく思っていたのだと彼女は悔いるように言う。

「不安を覚えていたのに彼女の気持ちを乱したくないからとずっと踏み込めずにいました。故に全てを知ったのは、弟が部屋に来た時です。『雪風が悪霊に取り憑かれている。助けたいが、自分もまた取り憑いた霊に魅入られ救う事が出来ない』と言われて、ようやく全てを察しました」

義信は、なけなしの理性をかき集めて自分に助けを求めに来たのだと典侍は言う。

「聞いたことをすぐ誰かに伝えるべきだったけれど、弟と共にいることを衛士に見られ敵(かな)わなかったのです。二人して捕縛されかけ、義信とここまで逃げるのがやっとで……」

そんな状況では、内裏に戻ることも敵わなかったのだろう。上手(うま)く戻れたとしても、今の状況ではきっと誰にも信じてもらえないに違いない。

「清雅殿、内裏に戻ろう。下手をすれば、悪霊を祓う前に義信殿が殺されてしまう」

「ああ、急ぐぞ」

清雅はそう言って千早を担ごうとするが、そこで顔を歪ませる。

見れば、先ほど負った傷口から雨に混じる真っ赤な血が流れ続けている。

「鬼の身体は、傷がすぐ癒えるのではないのか⁉」

「治癒の力が少し鈍っているのだ。だがいずれ止まる」

だとしても血が流れすぎだと思ったが、戸惑う千早を清雅は俵のように担ぎ上げた。

「待て、自分で走る」

「遅すぎるし、ここには盗む馬もいないぞ」

「でもっ……！」

「案ずるな。そう容易く死ぬる身体ではない」

笑うように口元を歪ませた後、清雅は小さな呪符を典侍に渡す。

「これを持ったまま、雨の当たらぬところにいて下さい。直ぐに、味方があなたを迎えに来ます」

呪符はその目印だというと、典侍は頷き千早に目を向けた。

彼女が何か言うより早く、千早は大きく頷く。

「あなたの弟も中宮様も、私が救うから安心してください」

担がれたままなので格好はつかなかったが、典侍はほっとした顔で頷く。

その次の瞬間、典侍の姿が遠ざかり千早と彼女を抱えた清雅は花月院の入り口まで戻っていた。

見れば清雅の姿がより鬼に近くなっている。人を捨てることで、怪我によって失った体力を補おうとしているのだろう。

しかしそれは危険な行為に見え、やはり自分は走った方が良いのではと千早は思う。

だがそのとき、清雅は素早く千早を背負いなおした。

「お前を置いては行かないと、そう言っただろう」

背負われたせいで清雅の顔は見えなかったが、いつになく真っ直ぐな声が千早の耳に届いた。

「この怪我では鬼と悪霊を同時に相手するのは無理だ。お前の力、頼りにしている」

声から、しっかりと千早を支える背中から、清雅の真剣さが伝わってきて千早は喜びに包まれる。

かつて景時に置いて行かれた時、悲しみの中に置いて行かれた心が、今初めて救われた様な気がした。

――清雅殿の期待に、応えたい。

自分を認めてくれた男を支えるのは自分でありたいと、そんな気持ちにさえなる。

「ああ、任せてくれ」

力強く頷けば、清雅が小さく、そして優しく笑う気配があった。

瞬く間に都を駆けた清雅は、闇に紛れ内裏へと戻った。

正しい手順を踏むのも惜しいと、雨と闇に紛れて壁を蹴(け)り越え、黎明殿(れいめいでん)の側へと清雅は着地する。

「……ぐ、……ッ」

そこで人の姿に戻った清雅だったが、まだ癒えぬ傷に膝(ひざ)をつく。

血は止まったようだが、仮面に覆われていない頬は蒼白(そうはく)だった。千早は心配になったが、清雅は声をかけることも許さない。

「……義信と、中宮の気配が分かれている」

荒い息のまま、清雅は暁紅殿の方へと指をさす。

「お前は中宮の元へ行ってくれ。側にいる明星様の身も、心配だ」

「清雅殿は、義信殿を追うのだな」

「衛士たちに見つかり騒ぎになっているようだから、行って止める。これ以上犠牲者を増やせば、彼自身が苦しむことになるだろう」

立ち上がった清雅には、絶対に成し遂げるという決意が見えた。傷は心配だが、彼ならば義信を救うだろうと確信し、千早は彼に背を向け暁紅殿へと駆けだした。

渡廊をはしり暁紅殿までくると、そこは不気味なほど静かだった。あれほどいた衛士と陰陽師(おんみょうじ)たちがいないのは、義信の方を捕らえようと出払っているからだろう。

かがり火も雨で消え、薄暗い。嫌な予感を覚えながら中宮の元へと向かうと、部屋に灯(とも)された灯が御簾(みす)に中宮の影をぼんやりと浮かび上がらせていた。

そこに明星の姿がないことに不安を覚え、千早はあえて言葉をかけずに御簾を押しあげ中へと飛び込む。

そして彼女は、思わず息を呑んだ。

『ようやく手に入るところなのだから、邪魔をするな……』

中宮とは違う女の声が、部屋に響く。

驚く千早の視線の先には、ズタズタになった御帳台(みちょうだい)があった。その中で手を縛られぐったりと倒れている明星の上に、中宮が小刀を手に馬乗りになっている。

長い髪の間から見えたその顔は、悪鬼のように歪んでいた。上目遣いに千早を見る瞳(ひとみ)は、獣のように怪しく光っている。

「お前は何者だ！」

　太刀を引き抜き尋ねると、中宮は笑った。

『私はこの娘を救う者だよ』

「嘘をつくな！　中宮様に取り憑き、義信殿をそそのかしたのはお前だろう！」

『あの鬼はこの娘に執着した。その執着を、共にいたいと願う二人の望みを私は叶えてやったのだ。……私の願いを叶えるのと引き換えに』

　中宮は白い頬にそっと手を当て、そこでうっとりと微笑む。

『好いた男を失い、抱かれたくもない男に求められ、死にたいと願ったこの娘を私は救ってやった。その代償に、私は今度こそ帝を手に入れるのだ』

　そして彼女は、倒れている明星にそっと手を伸ばす。乱れた衣から覗く肌に手を這わせ、彼女はにたりと笑う。

「それは帝ではない！」

『いや、この魂の輝きは帝だ。この輝きを食らえば、私は今度こそ、愛するあの方と永遠に一緒になれる』

「させるものか！」

　千早は勢いよく太刀を振り上げるが、女はあざ笑うように言った。

『少しばかり霊力があるくらいで、私を斬れると思うな』

激しい憎悪に満ちた声が響いた瞬間、禍々しい気配が中宮の中から飛び出した。

倒れた中宮の上にふわりと浮かんだそれは、千早が見たあの白い女に似ていた。

だが、それだけではない。女の身体には無数の顔がついている。

――無数の怨念と悪霊が、混ざっているのか。

多分この女は、これまでに多くの女に取り憑き取り殺してきたのだろう。女の身体に張り付く顔は皆、報われぬ恋が辛いと泣き喚いている。

その女たちと目が合った瞬間、彼女たちの無念が、恨みが、千早の心に押し寄せ突き刺さった。

千早は霊の影響を受けやすい。故に押し寄せた情念が、千早に悲しい幻影を見せた。

――これは、女たちの記憶か。

取り込まれているのは、内裏で不遇の死を遂げた女たちのようだった。

帝の寵愛を得られず死んだ者、逆に寵愛を得られながらも女たちの嫉妬によりそれを失った者。后妃や女房など立場はそれぞれ違ったが、どれも恋に破れ愛を失い、世を嘆く女の記憶ばかりが次々脳裏をよぎる。

そんな中、千早は恨みと記憶のもっとも奥に隠された、悲しくて残酷な一人の女の記憶に意識を呑まれた。

――この笑顔、中宮様と少し似ている。

それは、美しくて聡明(そうめい)な女御の記憶だった。

堅香子(かたくり)の女御と呼ばれる彼女は、恋敵である他の妃(きさき)たちにも心を砕き、困っている者がいれば手を差し伸べる優しい女であった。

身分こそ高くはなかったが、満ちあふれる気品と優れた教養は人心を惹(ひ)き付けた。

それは帝も例外ではなく、彼は女御に信頼と愛情を抱き、女御もまた帝を深く愛していたようだった。

若い二人は穏やかに愛を育(はぐく)み、幸福な日々を送っていたのだ。

……しかし、穏やかな記憶は、そこまでだった。

次に見えたのは二度の流産と、暗く陰っていく彼女の心だ。

子をなせぬ女だと後ろ指をさされ、その間に他の妃たちが子を産み始めたせいで、帝の関心は日に日に薄れていく。

それでも女御はよき妃であろうと気丈に振る舞うが、それまでの親切を忘れてしまったかのように、他の妃たちは彼女を蔑(さげす)んだ。

彼女の正しさや優しさは、心の狭い者たちにとってはまぶしすぎたのだろう。

あの完璧(かんぺき)な女御には敵(かな)わない。彼女がいるから自分に帝の関心が向かないのだと考える者が、周りには沢山いたのだ。

そうした者たちは女御への嫉妬心や嫌悪を日に日に隠さなくなり、『女御が子を流すのは帝以外の男に身体を許しているからだ』と根も葉もない噂さえ流した。噂が重なればそれは真実となり、帝の心は離れ、浴びせられる非難に女御は恨みを溜め始める。

誰よりも完璧だったのに。誰よりも皆に優しくしたのに。誰よりも帝を愛しているのに。

正しくあろうと努力しても、報われぬ日々に心を蝕まれ、そして彼女は思い至ったのだ。

『私のやり方が間違っていたのなら、正しく愛を勝ち取ろう』と。

他の妃たちのように嫉妬と恨みに心を明け渡し、憎しみに身体を任せた彼女はついに一線を越えた。

帝は私の者だと叫びながら、女は手にした短刀で若い妃を手にかけていく。妃だけでなく幼い皇子までもが、刃に裂かれ無残にも命を落としていた。

そして『あの人の心は私のものだ』と狂うように叫びながら、最後は自らの首に女御は刃を突き立て絶命した。

——これが、この女御が……怨霊の根幹であり正体か……。

そしてその女御に取り憑かれた者たちが、寄り集まって出来たのがこの悪霊なのだ。

その恨み辛みはあまりに大きく、千早の心が恐怖に震えた。これまでも霊の記憶を垣間見た事はあったけれど、こんなにも悲しくて禍々しいものは初めてだった。

そして記憶と狂気は千早の心に入り込み、意識をゆっくりと蝕んでいく。

「おい、しっかりしろ！」

そのとき、何かが千早の頬を打った。

はっと我に返ると、そこにいたのは明星である。

「……明星殿……？」

無事かと尋ねれば、彼は小さく頷いた。

「ああ、殴られた頭は痛むがな」

その声を聞くと、悪霊たちが『帝だ』『あの方の声がする』と騒ぎ出す。多分彼の血と気配が、霊たちを惑わせているのだろう。

慌てて彼を守るように太刀を握り直せば、明星はきょろきょろと辺りを見回した。

「やはり、悪霊がそこにいるのか」

「あれが、見えていないのか？」

「気配すら感じないよ。だからこそ私には手出しできないが」

その言葉は嘘ではないらしく、明星を恨めしそうに見つめながらも女はこちらに近づいてこない。

そうしようとする気配はあるが、そのたび伸ばした手が何かに跳ね返されている。

「でも念のため下がってくれ。とても強い霊で、多分前に明星殿が話した宵壺にいる堅香子の女御だと思う」

垣間見た記憶は、以前明星から聞いた話と合致する。

あのときはありふれた怪談話の一つかと思ったが、その中にも真実はあったのだ。

——この悪霊は、とても強い。並大抵の術では祓えないだろうな。

他の魂を取り込むほど、悪霊は強くなる。だからこそ、これほどの力を持ちながらも、誰にも知られることなく中宮の中に身を潜めることが出来たのだろう。

きっと、中宮以外にも人知れず憑かれた者はいたはずだ。そうして隠れ、獲物を密かに狩りながらこの悪霊は内裏で力をつけていたのだ。

悪霊からあふれ出る魔の量はすさまじく、殿舎がガタガタと震えるほどだった。

それにあわせて悪霊が腕を掲げると、周囲の物がふわりと浮かび千早の方へと勢いよく飛んでくる。

急いで太刀を翻し、千早は飛んで来る物を斬った。御帳台や文机、角盥や硯などを軽々飛ばす様を見て、悪霊の力の強さに舌を巻く。

本来霊は、この世の物には触れられない。触れられたとしても、こうも簡単に投げたりは出来ないのだ。

「さすがに、これはやっかいだね」

千早の後ろで身を低くしていた明星も、珍しく慌てている。

霊から影響は受けないと言っていたが、物や人が介入した場合はまた別なのだろう。

となれば、彼が傷つく前に悪霊を止めねばなるまい。

明星の方へ向かっていった鋏を太刀で弾き飛ばした後、千早は一気に悪霊との距離を詰めた。

途中舞い戻ってきた鋏が頬に迫ったが、あえてギリギリでよけることで悪霊の油断を誘う。

その際頬が僅かに裂けたが、千早は全くひるまなかった。

中宮を救いたい。そして力を認めてくれた清雅の思いに応えたい。

そんな気持ちで太刀をぎゅっと握り、千早は悪霊の懐に入り、己の霊力を太刀に込める。

『そんな細い太刀では私は斬れぬぞ！』

「なら、耐えてみせよ！」

言葉と共に、千早の霊力を帯びた刃が薄紅色に輝く。激しさはなく、むしろ儚さを感じさせる輝きだったが、そこで悪霊の表情が変わった。

千早の持つ霊力の高さに、ようやく気づいたのだろう。

『まさか、これは……この霊力は……』

驚きと恐怖に、悪霊の顔が歪む。その首をはねるように、千早は太刀を真横に薙いだ。

一太刀で首が飛び、切断された場所から薄紅色の光が稲妻のように走る。光は首を失った身体を滑り、激しく引き裂いた。

寄り集まっていた霊は光によって切り離され、激しい悲鳴を上げながら女御は霧散する。

『なぜ……私は、……私は誰にも、斬れぬはずなのに……』

最後まで残っていたのは、切り落とされた女の首だった。床に転がったまま、首は憎々しげに千早を見上げる。

「私の太刀に切れぬものはない。お前の恨みもそぎ取ってやる」

『出来るものか。この憎しみは……恨みは……消えはしない』

「いや消えるはずだ。だってあなたは、元々は優しい人だっただろう」

先ほど触れたとき、千早は女御の優しい一面を見た。

そして千早の声に戸惑う女御の中にはまだ、幸せな日々だって残っている。

『嘆きが、悲しみが、恨みが、私の全てだ』

「全てではないよ。だから思い出すんだ、その根源にあるものを」

千早の言葉に女御が目を見開く。その瞳がほんの一瞬、狂う前のものへと戻る。

「あなたは優しかったし、愛されていたのだ。だからこそ恨み辛みもまた集めてしまった」

でもそれに囚われ続けるのは、あまりに辛いことだ。

「己を歪ませた憎しみや恨みとは決別し、黄泉に下るべきだ。最後の時まで、辛い記憶を抱え続けるのは辛すぎる」

千早の言葉に、女の顔が泣きそうに歪んだ。

それを見ていられず、千早はそっと悪霊に手を伸ばす。

すると先ほどのように、儚げな幻が目の前に広がった。

それは堅香子の女御と呼ばれた女の幸せだった頃の記憶だった。

愛した帝に『永遠に共に生きよう』と優しく乞われたときのこと。

お互いのぬくもりを感じながら、一つの褥で幸せに眠ったこと。

初めての懐妊を、二人で泣きながら喜んだこと。

悍ましい表情とは裏腹に、見えた記憶はあまりにささやかで穏やかな幸せの記憶だった。

『ただ、あの日に戻りたかった。あの人と一緒にいたいと、ただそれだけが願いだったのに……』

記憶が消え、醜い気持ちと共に残された女御が、静かに泣いている。

「大事な人に置いて行かれる辛さは、わかるよ」

引き留めることも出来ず、ただ己の非力さを嘆く辛さは知っている。

——きっと、この人は私よりもっと辛かっただろう。追いかけたくても、愛した人はもうこの世にはいない。

だからこそ恨み辛みを捨て、美しい女御のまま黄泉に行って欲しい。

そんな気持ちでそっと女御の頭を撫でると、彼女はゆっくりと目を閉じた。

先ほどより穏やかになった顔は、黄泉に送って欲しいと言っている気がした。

だから千早は太刀を握り直し、女の頭に刃を突き立てた。

「来世で、幸せになってくれ」

千早の霊力によって霊は力を失い、表層が灰のように砕ける。

それと同時に刃を引き抜くと、床には割れた女の頭蓋骨(ずがいこつ)だけが残された。

荒れ果てた部屋にはもう、悪霊の気配はない。

だが代わりに、入り口に鬼の気配が二つ現れた。

『……雪、風……』

振り返ると、血まみれの義信が清雅に支えられながら立っていた。義信は倒れている中宮に気づくと、彼女へと駆け寄る。

すれ違った際、千早は義信の身体から流れる血に目をとめた。固まる気配のないそれは、清雅の負わせた傷によるものだろう。動くたびに、血と共に魂が流れ出るのを感じたが、千早はあえて止めなかった。

「悪霊は斬った、彼女は無事だ」

千早の声に、義信は安堵(あんど)の表情を浮かべる。

するとそこで、中宮の目がわずかに開いた。

自分を見つめる鬼の顔を見た瞬間、中宮の目に涙が浮かぶ。

「義信……」

『無事か……。痛むところは、ないか……？』

「私より……あなたが……」

どこか虚ろな瞳で、中宮はそっと義信の頬をなでる。

『俺は、雪風が……無事ならそれでいいよ……』

そう言って微笑む義信は、もう鬼ではなかった。

穏やかな笑顔を浮かべる彼を、中宮がそっと抱きしめる。

「ごめんなさい。……私が、弱いばかりに……あなたは……」

『いいんだよ、雪風……いいんだ……』

義信はそう言って笑うと、ゆっくりと頽れる。

『君にもう一度会えた……。……それだけで……いいんだよ』

それから義信は、千早と清雅に目を向ける。

『ありが……とう……。俺は俺として……雪風は雪風として……、最後に触れあう事が出来た……」

感謝の気持ちを告げてから、義信は最期にもう一度中宮に微笑みかける。

その身体を中宮が抱き支えたが、義信はもう動かない。

怪異の気配は完全に消え、部屋には中宮の泣き声だけが響いていた。

都を覆う雨雲が消え、長い雨が上がったのは騒動から二日後のことであった。

ようやく晴れ間が覗(のぞ)いた空を、中宮は御簾(みす)越しに見つめていた。悪霊に長い間取り憑(つ)かれていたせいで弱り果てた彼女は、この二日間ずっと床に臥(ふ)せていたが、今はだいぶ顔色が良(い)い。

そんな中宮の傍らには、千早と明星が控えている。姿は見せないが、清雅もまた外で静かに佇(たたず)んでいた。

「なんだか、長い眠りから覚めたような心地です」

起き上がり、中宮が千早と明星に笑いかける。儚げではあるが、穏やかな笑顔であった。

「もう、具合は良いのかい？」

「ええ、私は大丈夫です」

明星の問いかけにしっかりとした声を返し、そこでもう一度中宮は空へと目を向ける。

「だからすべてをお話ししたいのです。濡(ぬ)れ衣(ぎぬ)を着せられている、典侍のためにも」

鬼と悪霊は消えたが、一連の騒動については謎も多く冥の中将まで絡んでいるため、「事情を説明せよ」と迫られた千早たちは困り果てていた。

それでも典侍の企てではないとだけは主張したが、信じる者は少ない。

そんな事情を、中宮は察していたのだろう。起き上がれるようになると、彼女はすぐさま千早たちを呼びつけたのだ。

「すべては私の弱さが招いたのです。始まりは一年前……いえ、きっと私が義信と出会ってしまったときでしょう」

そして中宮は、己の身に起きた出来事についてゆっくりと語り出した。


中宮――雪風にとって、義信は義理のきょうだいであり、同時に許嫁でもあった。

そんな彼が風早の家にもらわれてきたのは、明星が去って程なくしてのことだったらしい。兄のように慕っていた相手がいなくなり、寂しさに暮れる彼女を側で支え、励ましたのが義信だった。

そんな義信に、雪風はいつしか想いを寄せるようになっていた。仲の良い二人に父である中納言は特別なものを感じたのか、義信を雪風の許嫁にすると言い出したのは彼が養子としてやってきたその年の暮れであったそうだ。

しかしきょうだいでは結婚が出来ないため、義信は別の家の養子となった。

義信は優秀だった。武芸にも秀で、賢く、そして気立ても良い。また家族思いで、幼い頃に別れてしまった実の姉のことも気にかける優しい青年であった。

故に雪風は、義信の姉である椿の典侍と三人で出かけることも多かった。三人で花月院に赴き、他愛(たわい)ない会話に花を咲かせる時間は、彼女の人生にとって最も幸福な時だった。

だがその一方で、当時義信の方は大きな焦りも感じていた。

義信は順調に出世し将来有望な公達(きんだち)となっていたが、それ故嫉妬(しっと)もされていた。

そして亡くなった義信の両親の身分が低かったことや、実の姉の事まで持ち出し、風早家の婿にはそぐわないと言い出す者がいたのである。

風早家の者たちは気にするなと言ったが、義信は完璧(かんぺき)を求める男であった。

それが彼を焦らせ、さらなる出世の道を模索していたそんな時、『冥の中将にならないか』という打診が来たのである。

帝に生まれた一の宮のために、女御は冥の中将を求めていた。当時、内裏では次々と懐妊の知らせがあったから、早いうちに自分の子こそが未来の帝だと示しておきたかったのだろう。

その結果、優秀だと評判だった義信に声がかかったのだ。冥の中将がどんなものであるか知らず、説明も無かったせいで義信は喜び勇んで名乗りを上げた。

そしてあの薬を飲み、鬼に堕(お)ちたのである。

秘密裏に処分された義信は「鬼に殺された」という事で片付けられた。

何も知らされていなかった雪風はもちろん嘆き悲しんだ。典侍と共に何日も泣き濡れ、いつまでも塞ぎ込んでいた。

　でもそれでは義信が安らげないと思い、典侍と二人で悲しみを紛らわすためにもと、入内を決めたのだ。

　忙しく働けば辛い時は流れていくと信じ、二人は必死に働いた。

　けれど悲しみが去る前に、雪風を新しい悲劇が見舞った。

　帝が、彼女を妃にと望んだのである。

　義信を想っていたいという願いはきき遂げられず、半ば強引に雪風は契りを結ばされた。拒むことなど許されはしなかった。あげく彼に抱かれた時、雪風は改めて義信への強い想いを知ってしまった。

　自分は帝を愛せないのだと、彼女は理解したのだ。だが義信の死を悼み、彼だけを想って生きていくことももはや敵わない。

　その上雪風は心根が優しすぎた。故に義信にはもちろん、帝に対して後ろめたさと申し訳なさも覚えてしまう。それが少しずつ雪風の心を壊し、癒えずに残った悲しみは膿となって彼女を蝕んだ。

　死にたいと、気がつけば願うことが増えた。そしてその願いが、あの女御を呼び寄せたのだ。

雪風は黄泉を覗き霊を見る力があった。そういう身体は霊の格好の餌食だ。

瞬く間に取り憑かれ、身体と魂の奥底にまで入り込まれてしまったのである。

そこからの記憶は曖昧で、悪霊に取り憑かれているという実感も希薄だった。

普段は自分でいられるのに、ふとした瞬間あの女御が顔を出すことを、何度も何度も繰り返した。

女御は嫉妬と憎悪の化身であり、心を奪われるのは女御が強い嫉妬を覚えるときだった。

そして彼女が嫉妬するのはいつも、明星と関係を持ったという女であった。

女御は、明星をかつて愛した男と重ねていた。帝よりも明星の方が愛した男の魂に似ていたから、執着心を強めたのだろう。

でも明星は雪風には手を出さない。二人はあくまで兄妹のような関係で、恋人同士ではないのだから当たり前だ。しかし雪風の身の内に宿った女御は自分だけが相手にされないような気がしたのだろう。

そして雪風に仕える女房の一人が明星と関係を持ったという話を聞いた時、女御の嫉妬と怒りは一線を越えた。

その瞬間雪風は女御に身体の全てを奪われ、小刀で女房を切りつけてしまったのである。

運良く傷は浅かったが、自分の手が人を傷つけたという恐怖で彼女は一瞬だけ自我を取り戻す。しかし女御は、諦めてはいなかった。

『早く殺しなさい。早く、早く、早く！』

雪風に、女御は何度も囁く。耳を貸したくないのに身体は勝手に動き、苦しむ女房に今一度刃を向けようとした。

けれど刃は、振り下ろさずにすんだ。

なぜなら雪風の身体を、鬼が抱きしめたからである。

はっとして振り返ると、そこにいたのは死んだはずの義信であった。なぜ彼が生きているのか、変わり果てた姿でいるのかはわからない。

だが彼が、自分を救おうとしてくれていることだけはわかった。

『お前は……こんなことをする子では……ないだろう……』

そう言って微笑みかけた顔は、確かに義信だった。けれど雪風は、もう元の雪風ではなかった。

『なら、お前が殺しなさい』

そんな言葉と共に、女御の一部が鬼に入り込むのを雪風は見た。

取り憑かれた彼は苦しみ、雪風も彼を助けたいと願う。

しかし出来なかったのは、甘い囁きを聞いてしまったからだ。

『私がお前たちを再び一緒にしてあげる。同じ罪を背負わせ、地獄の中で生かしてあげる』

同じ言葉を義信も聞いたのだろう、苦しみながらも伸ばされた手に、雪風もまた手を重ねてしまう。

悪いことが起きるとわかっていたのに、二人は別離を選べなかった。この手を放したくないと思ってしまった。

そんな願いを女御は歪めゆが、いつしか二人の心は悪霊の手の中にあった。

次の瞬間、鬼は雪風から手を放し、代わりに女房を担ぎ上げた。

そのまま攫さらわれた女房は、二度と姿を見せることはなかった。

その後も雪風の中の女御が誰かを憎く想うたび、その相手は鬼に攫われた。

雪風の人格は残っていたものの、女御と入れ替わってしまう時間は日に日に長くなり、そのことに自分さえ気づかなくなっていった。

そうして八人の女房が人知れず消えた頃、明星が小鬼を引き連れて内裏にやってきたのである。

すべてを話し終え、中宮は静かに目から涙をこぼした。

「私の弱さが、義信への想いが、罪もない女房たちの命を奪ったのです」

震える声に、明星が僅わずかに腰を浮かせる。

だが慰めようと伸ばされた腕は、すぐに下ろされた。

きつく握りしめられた拳を見て、千早は今回のことに彼も責任を感じているのだと気づく。

女御が執着したのは、明星だ。

それを察しながら、安易に慰めることが彼には出来なかったのだろう。

そんな二人の様子が見ていられず、千早はぎゅっと自分の袿の袖を握った。

「中宮様のせいではございません。それに明星殿も、義信殿も、誰も悪くない」

「いえ、すべては私が至らなかったからです。だってそうでなければ、こんな酷い結果になんて絶対にならなかった……」

千早の慰めは届かず、中宮の顔は悲痛に歪んでいく。濃くなっていく悲愴感を見て、こういうとき上手い慰めの言葉が思いつかない自分が千早は悔しかった。

そのまま必死に言葉を探していると、不意に馴染みある慎ましい足音が近づいてくる。

千早がはっと顔を上げると、誰かがすっと御簾をあげた。

驚いて振り返ると、そこに立っていたのは椿の典侍であった。

「まったく、いったいいつまでウジウジしているの！」

部屋に入るなり、典侍がぴしゃりと言い放つ。

途端にあれほど頑なだった中宮の顔が、くしゃりと歪んだ。

「だって、私……」

「あなたは何も悪いことなどしていないのだから、泣くのはおよしなさい」

そう言うと、典侍は中宮の側に膝をつく。その途端、まるで幼子のように中宮が典侍に抱きついた。

腕が折れているはずなのに、それを感じさせない涼やかな顔で典侍は中宮の頭をなでる。その仕草は、千早が見たことのないとても優しいものだった。きっと彼女はこうして中宮を――雪風という少女を慰めていたのだろう。

「あの子を哀れに思うなら、強く生きなさい。自分を恥じながら生きるような、弱い女になっては駄目よ」

典侍の言葉に、中宮の目から大粒の涙がこぼれる。

子供のように泣き出す中宮を支え、典侍もまた静かに涙をこぼす。

起きてしまったことは変えられないけれど、中宮には悲しみを背負い合える相手がいる。ならばきっと大丈夫だろうと、千早は思った。

数日後、祓いの桜が艶やかに咲き散るのを横目に、千早は片付けにいそしんでいた。

「中宮様も千早さんもいなくなってしまうなんて、あまりに寂しいわ……」

傍でうなだれる小鞠を見て、千早は慰めるように彼女の肩を抱く。

「寂しいけど良いことだ。少なくとも中宮様は、前に進めたのだから」

昨日、中宮はこの内裏をひっそりと後にした。

彼女は、后妃ではなく尼になると決めたのである。

『今度こそ、義信と自分のせいで亡くなった人を悼みながら生きていきたいのです』

帝は渋った様子だが、今回の事件の顛末を聞き最後は中宮の願いを聞き届けたという。

そして今回の件はほぼすべて、表沙汰となった。

冥の中将に関しては一部伏せられていたが、中宮の婚約者であった義信が鬼に堕ちながらも彼女を守ろうとしたこと、そして義信が典侍の弟であることも明らかになり、典侍の評判はがらりと変わった。

鬼である彼を陰ながら支え、中宮を守ろうと奮闘していたのは彼女だと言われるようになったのである。

おかげで典侍を巡る噂も消え、しばらくは彼女の周りも平和になるだろう。

そして色々な意味で平和になった今、千早がこの場所にとどまる理由はない。小鞠たち女房はそれぞれ別の后妃に仕えるそうだが、千早がここに戻ることはないだろう。

「身体には気をつけてね。あと景時さんに会えるのを、祈ってる」

「うん。小鞠殿も元気で」

別れを惜しみながら、千早は太刀と小さな包みだけを持って局を出た。

他の女房たちにも挨拶をし、彼女は暁紅殿を後にする。

「お待ちなさい」

だがそこで、馴染みの声が千早を引き留めた。

思わずビクッと飛び上がってしまったのは、それが典侍の声だったからだ。叱られ続けたせいで、声をかけられると反射的に驚いてしまうくせがすっかりついている。

「あなた、私には見送りもさせないつもりですか？」

「い、いえ……。先ほど、忙しそうに誰かを叱っているのが見えたので……」

「もう、あなたのことは叱らないから安心なさい」

そう言うと、外まで送ると典侍が歩き出す。

慌てて後を追うと、その眼差しが千早の足下に向けられた。

「慎ましさがなくて、すみません」

「別に、怒っていません」

「でも今じっと見たじゃないですか」

「……あなたの歩き方が、小さな頃の弟に似ていたからです」

典侍の言葉に、千早は僅かに息を呑む。

「まだ両親が生きていた頃、あの子はやんちゃでね。あなたみたいに落ち着きが全くなくて怪我ばかりするから、いつも私が叱っていたの」

いつになく穏やかな顔で、典侍はそっと遠くを見つめる。きっと典侍にとって、幼い弟と過ごした日々は、幸せな思い出なのだ。

「でも風早の家に行って、雪風と出会ったあの子は大人になった。『雪風を守るんだ』といつも背伸びばかりしていました」

「その言葉を、彼は最後まで守ったのですね」

千早の言葉に、典侍は悲しげに頷く。

それから少しばかり黙り込んだ後、彼女は何かを吐き出すようにそっと口を開いた。

「あの日……突然私の部屋に弟が現れた時も、雪風を守りたいとそればかり言っていたの。そのために自分を保ちたい、鬼に堕ちたくないから昔のように叱ってくれとあの子は言っていた」

自分を保つために己を傷つけ、血を吐きながら、義信は姉に縋って泣いたのだという。

「そしてすべてが終わったら、今度は雪風を叱って欲しいとも言っていた。あの子が自分を責めるだろうから、叱って止めて欲しいと」

私を一体何だと思っているのかと、少し不満げに典侍は扇を揺らす。

「私は誰でも彼でも叱っているわけではないのに」

「……え？」

思わずこぼすと、鋭い眼差しが千早へと飛んでくる。

「何？　私だって、叱る必要のない人がいたら叱りませんよ」

「でもその、毎日二十回は叱られていたので……」

「毎日あんなに叱ったのは、あなたと義信くらいのものです」

そこで僅かに視線を和らげ、典侍は千早の顔を見た。

「でも確かに、あなたにはすこし厳しくしすぎたかもしれない。思い込みが激しいところも、好きな相手にまっすぐなところも義信に似すぎていて、なんだか危なっかしくて見ていられなかったのです」

ごめんなさいと謝られたが、事情を聞いた今はむしろ叱られて良かったと千早は思う。

「謝らないで下さい。実際危なっかしかったし、おかげで作法も身につけられました」

叱ってくれてありがとうと笑うと、典侍がすっと千早から顔を背けた。

「叱られて喜ぶところも、義信にそっくりだわ」

「じゃあ私は、きっと立派な武士になれますね」

「あなたはもう立派な武士です。でも自分が女であることも、時々思い出しなさい」

そう言うと、典侍は不意に足を止める。

それから彼女は、袖の中から文を取りだし千早に差し出した。

「そういえば、これをあなたに渡すよう頼まれていたの」

「これは……？」

「誰だかはわからないけど、立派な公達でしたよ」

文を受け取った瞬間、千早ははっと顔を上げる。

「その公達は、どんな人でしたか！」

「顔は一瞬しか見えなかったけど、目に傷がありました。それに凛々しい方でしたね」

「その人は、どこへ行きました⁉」

「大内裏の外へ向かったようだったけど……」

「景時だ！　絶対景時だ！」

言うなり、千早はものすごい勢いでかけだしていく。

あまりの勢いに、典侍はぽかんとした顔で固まる。

その後、典侍は彼女らしくない笑顔を浮かべた。

素早く扇で隠したその笑顔は、顔がうるさいと叱られそうな程、明るく華やかなものだった。

終章

「こうも平和だと、退屈だな清雅（きよまさ）」

屋敷の釣殿にだらしなく寝転がり、明星（あかぼし）がこぼしている。

側に控えていた清雅は、呆（ほう）けた顔の主（あるじ）をぼんやりと見つめた。

「なら、どこか女人の元へと通われてはいかがですか？」

「お前、あんなことがあった後でよく、そんな提案が出来るな」

「明星様が、何事もないという顔をなさっているので」

白々しく言えば、明星が不満そうに身体（からだ）を起こす。

清雅の主はいつも飄々（ひょうひょう）としている。悩みも苦しみも感じていないかのような顔で、どんなことも受け流すのが常だ。

けれどそれは見かけだけで、本当は傷つきやすく臆病（おくびょう）な男だと清雅は知っている。

中宮の一件は、明星にとって辛（つら）い出来事だっただろう。真相を聞き、責任を感じているようだった。

明星はその出自故に周りの者を傷つける。だからこそ、大事な者ほど側に置かないのだ。

そして孤独を、彼は隠している。後悔も、辛い気持ちも、清雅にさえ見せまいとした。

それを悔しく思ったから、清雅はあえて意地悪なことを言ったのだ。

「……いつまでも、お前に甘えるわけにはいかないだろう」

「甘えられる時は甘えて下さい。そのために、俺がいるのです」

そう言うと、明星は大きな背中を小さく丸める。清雅の方には顔を見せないが、その背中が僅(わず)かに震えていた。

清雅はそれを黙って見つめる。

慰めの言葉を明星は求めない。でも側に誰かがいないと、この男は悲しみを吐き出せない。人に縋れないくせに、一人で悲しみに耐える勇気も彼にはないのである。

でもその弱さが、清雅は嫌いではない。

だから何も言わず黙って見守っていると、程なくして明星が顔を上げた。

「……私はやっぱり、お前がいないと駄目だな」

「知っています。だから、お側にいるのです」

「……でもお前が本当にいたい場所は、ここではないだろう？」

そこで振り返った明星の顔を見て、清雅は押し黙る。

「私も吐き出したのだ、お前も吐き出せばよい」

「しませんよ、俺は」

「なら、小鬼には吐き出すのか？」

問われ、清雅はさらに押し黙る。

「なあ、お前が望むなら私は……」

「もう結論は出ております。それにもう、終わりましたから」

「おい、それはどういう意味だ……」

明星が尋ねた直後、ドタドタと激しい足音が近づいてくる。

音の先を見て、ぎょっとしたのは明星だった。

「お、おいおい、どうしたその酷い顔は！」

駆けてきた千早は、ボロボロと泣いていた。鼻をすすり、目を真っ赤に腫らしながら、号泣していた。

清雅がその顔からそれとなく視線を外したが、明星は泣いている千早に駆け寄りそっと抱きしめる。

「一体何事だ。誰がお前を泣かせた」

「か……景時……から文……が……」

嗚咽をこらえながら千早が言えば、明星が清雅を睨む。

「まさか、酷いことが書かれていたのか？」

「わ……わたしには、会いたくないと……国に、帰れと……」

別れの和歌まであったと告げる千早に、明星が慌てて彼女を慰める。

「なんとも酷い男だね。辛いなら、我慢せずもっと泣けばよい」

だがそこで、千早が大きく頭を振った。

怪訝そうな明星に釣られて清雅が彼女を見れば、涙の向こうにはびっくりするくらい愛らしい笑顔があった。

「う、うれしいのだ……。だって景時が、私に和歌を……」

「いや、でも、それは別れの歌だろう」

「でも今まで、文さえ来たことがなくて……。ようやく、ようやく繋がれた」

涙を乱暴に拭い、そして千早は文を掲げて身もだえる。

「景時の直筆だ。それにすごく、いいにおいまでする……！」

「うん、でも内容は酷いのだろう？　お前はそれでいいのかい？」

「良くない。でも諦めない！」

高らかな宣言に、明星と清雅は半ば唖然としていた。

「それに景時は今の私を知らない。だから帰れなんて書いたんだ」

「……よく、そこまで好意的に解釈できるな」

思わずつぶやいた清雅に、千早はまばゆい笑顔を向ける。

「だって景時にはまだ一度も会っていない。直に会って、私の逞しい身体を見ればきっと考え直すよ！　それに今は和歌だって作れるし、女としても惚れてくれるに違いない！」

言うなり、千早は「早速返事を書く」と言って駆けだしていく。

あまりの勢いに、清雅は唖然とした。

一方明星は、こらえきれないとばかりに噴き出した。

そして彼は意味ありげな笑顔と共に清雅に語りかける。

「いやはや、嫌われる作戦は失敗したようだね……『景時殿』」

「……その名前は、二度と呼ばないでいただきたい」

苦々しい声で言った直後、明星の笑い声が大きくなる。

色々な意味で頭が痛くなり、清雅は思わずつけていた面を取った。

それを、明星が笑いながら見ている。

「その顔を、見せてやれば良いのに」

「見ても彼女は気がつきませんよ」

そう言いつつも決して面を取らなかったのは、その下に人の名を捨てた男がいるからだ。

そこにはかつての面影は殆どない。冥の中将となったことで、清雅の身体も顔つきも大きく変わった。

きっとこの顔をさらしたところで、あの子は気づきもしない。

それでも隠していたのは、自分のためだ。なぜなら彼の左目には、うっすらとだが傷が残っている。

体が変わった時、身体に刻まれた傷も殆どが消えた。

でもかつて、千早を守るために負ったこの傷だけはなぜだか残ってしまったのだ。

それは未だ消えぬ彼女への想いのようで、清雅は直視が出来なかった。

想いは執着になり、執着は人の心を鬼に堕とす。だから見ないように、気づかないようにと鬼の面で彼は傷ごと顔を隠したのだ。

「そろそろ観念したらどうだ。あの子は、絶対に諦めないぞ」

「諦めさせてみせます」

諦めさせるべきなのだと、清雅は考えている。

景時を好いていると千早は言うが、それはどうせまやかしだ。

そもそも彼女が口にする『景時』は美化されすぎていて、本人とは似ても似つかない。

景時は彼女が言うほど筋がよくなかったし、今と比べればずいぶん小柄だった。

千早の面倒を見てきたのも左京からお願いされたからで、彼女を愛していたわけでもない。むしろしょっちゅう悪霊に狙われ、そのたび死にそうな目に遭うことにげんなりしていたくらいだ。

——そんな男のことなど、追いかけて何になる。

千早にだったらもっといい男がいる。だから諦めさせるべきだと自分に言い聞かせていると、不意に明星が隣でにやりと笑った。

「でも良いのかい？　お前がいらぬと言うのなら、私がもらってしまうぞ」

どうぞと言うはずだったのに、言葉は喉の奥に閊えて出てこない。

そんな様子を笑われ、清雅は慌てて面をつけ直した。情けない顔をしている自覚があったのだ。

そうしてなんとか自分を取り戻していると、そこにまた賑やかな足音が戻ってくる。

「そうだ！　言い忘れていたが、用心棒をやると決めたぞ！」

振りかえれば、道具と文机を抱えた千早がそこに立っている。

「明星殿の下で働けば、きっと景時も見直してくれるはずだ！」

千早の宣言に、明星がぱっと顔を輝かせる。

「そうかそうか！　では今後も、思う存分こきつかってやろう」

「その代わり、推薦状を書いてくれ。清雅殿もだ」

「……推薦状、とは？」

怪訝に思った清雅の前に、千早が文机をドンと置く。

「景時に送る文につける。私がいかに有能で、景時にふさわしい武士か文に書いてくれ」

「なぜ俺が」

「友達だろう、それくらいしてくれても良いではないか」

無邪気に笑って、千早は清雅にすがりついてくる。

「おい、いつから俺たちは友達になった」

「いつだっていいよ。でも友達だ」

「前もいったが、俺は……」

「鬼でもいいよ」

なんてことのないように言って、千早は笑った。

その笑顔に、清雅は戸惑いを隠せなくなる。

「私は鬼にだって勝てる武士だ。だから、側にいても安心だろう」

「無理だ。襲いかかられたら、死ぬだけだ」

「死なないよ。だって私が死んだら、清雅殿は悲しむだろう」

だから返り討ちにする、殴って正気に戻してやると千早は言い切った。

あり得ないと突っぱねたいのに、向けられた笑顔から目が離せない。

同時に今すぐ仮面を取ってしまいたい衝動に駆られたが、それだけはなんとかこらえた。

――景時は死んだのだ。だからもう、彼女とは……。

「おい、聞いているのか清雅殿！　おーい、清雅殿！」

人の悩みなどつゆ知らず、千早がのんきに清雅の袖をつかんで振り回す。

振り払うべきなのに、それが出来ない。

——だが清雅としてなら、側にいても構わないのだろうか。

その上、馬鹿げた考えまで浮かんでしまう。

清雅もまた、遠からず消える存在だ。ならば今だけ、このときだけはこの少女の笑顔を側で見ていても構わないだろうかと考えてしまう。

「推薦状は、書かない」

「なんだよ、友達だろ！」

「友だからこそ書かぬ。褒めるところがないのに嘘を書いても、お前のためにならない」

そう言った途端、千早が小鬼のように喚き出す。

その様子を愛らしいと思う気持ちを仮面の下に隠し、清雅は千早を見つめた。

「書いて欲しければ、もっと明星様の役に立て」

「言われなくても、そうするつもりだ！」

ムキになり、千早は明星の方に駆けていく。

新しい仕事はないかと尋ねる千早に、明星が楽しげに笑った。

それから彼は、意味ありげな流し目を向けてくる。

臆病者めと言われている気がしたが、清雅はそしらぬふりをし続けた。

この作品はフィクションです。実在の人物や団体などとは関係ありません。

お便りはこちらまで

〒一〇二―八一七七
富士見L文庫編集部　気付
八巻にのは（様）宛
カズアキ（様）宛

富士見Ｌ文庫

桜花京用心棒綺譚
花咲く都の冥中将

八巻にのは

2022年７月15日　初版発行

発行者　青柳昌行
発　行　株式会社 KADOKAWA
〒102-8177　東京都千代田区富士見2-13-3
電話　0570-002-301（ナビダイヤル）

印刷所　株式会社暁印刷
製本所　本間製本株式会社
装丁者　西村弘美

定価はカバーに表示してあります。

◇◇◇

●お問い合わせ
https://www.kadokawa.co.jp/（「お問い合わせ」へお進みください）
※内容によっては、お答えできない場合があります。
※サポートは日本国内のみとさせていただきます。
※Japanese text only

ISBN 978-4-04-074317-2 C0193

暁花薬殿物語

著／佐々木禎子　イラスト／サカノ景子

ゴールは帝と円満離縁!?
皇后候補の成り下がり“逆”シンデレラ物語!!

薬師を志しながらなぜか入内することになってしまった暁下姫。有力貴族四家の姫君が揃い、若き帝を巡る女たちの闘いの火蓋が切られた……のだが、暁下姫が宮廷内の健康法に口出ししたことが思わぬ闇をあぶり出し？

【シリーズ既刊】1～6巻

富士見L文庫